庫

老妓抄

岡本かの子著

新潮社版

97

目次

老妓抄

老妓抄

平出園子というのが老妓《ろうぎ》の本名だが、これは歌舞伎俳優の戸籍名のように当人の感じになずまないところがある。そうかといって職業上の名の小そのとだけでは、だんだん素人《しろうと》の素朴な気持ちに還《かえ》ろうとしている今日の彼女の気品にそぐわない。

ここではただ何となく老妓といって置く方がよかろうと思う。

人々は真昼の百貨店でよく彼女を見かける。

目立たない洋髪に結び、市楽《いちらく》の着物を堅気風につけ、小女一人連れて、憂鬱《ゆううつ》な顔をして店内を歩き廻る。恰幅《かっぷく》のよい長身に両手をだらりと垂らし、投出して行くような足取りで、一つところを何度も廻り返す。そうかと思うと、紙凧《かみだこ》の糸のようにすっとのして行って、思いがけないような遠い売場に佇《たたず》む。彼女は真昼の寂しさ以外、何も意識していない。

こうやって自分を真昼の寂しさに憩《いこ》わしている、そのことさえも意識していない。ひょっと目星《めぼし》い品が視野から彼女を呼び覚すと、彼女の青みがかった横長の眼がゆったりと開いて、対象の品物を夢のなかの牡丹《ぼたん》のように眺める。唇が娘時代のように捲《まく》れ気味に、片隅へ寄ると其処《そこ》に微笑が泛《うか》ぶ。また憂鬱に返る。

だが、彼女は職業の場所に出て、好敵手が見つかると、はじめはちょっと呆《ほう》けたような表情をしたあとから、いくらでも快活に喋《しゃべ》り出す。

新喜楽のまえの女将《おかみ》の生きていた時分に、この女将と彼女と、もう一人新橋のひさごあたりが一つ席に落合って、雑談でも始めると、この社会人の耳には典型的と思われる、機智と飛躍に富んだ会話が展開された。相当な年配の芸妓たちまで「話し振りを習おう」といって、客を捨てて老女たちの周囲に集った。

彼女一人のときでも、気に入った若い同業の女のためには、経歴談をよく話した。何も知らない雛妓《おしゃく》時代に、座敷の客と先輩との間に交される露骨な話に笑い過ぎて畳の上に粗相をしてしまい、座が立てなくなって泣き出してしまったことから始めて、囲いもの時代に、情人と逃げ出して、旦那におふくろを人質にとられた話や、もはや抱妓《かかえっこ》の二人三人も置くような看板ぬしになってからも、内実の苦しみは、五円の現金を借りるために、横浜往復十二円の月末払いの俥《くるま》に乗って行ったことや、彼女は相手の若い妓たちを笑いでへとへとに疲らせずには措《お》かないまで、話の筋は同じでも、趣向は変えて、その迫り方は彼女に物《もの》の怪《け》がつき、われ知らずに魅惑の爪《つめ》を相手の女に突き立てて行くように見える。若さを嫉妬《しっと》して、老いが狡猾《こうかつ》な方法で巧みに責め苛《さいな》んでいるようにさえ見える。

若い芸妓たちは、とうとう髪を振り乱して、両脇腹《わきばら》を押え喘《あえ》いでいうのだった。

「姐《ねえ》さん、頼むからもう止《よ》してよ。この上笑わせられたら死んでしまう」

老妓は、生きてる人のことは決して語らないが、故人で馴染《なじみ》のあった人については一皮剝《む》いた彼女独特の観察を語った。それ等の人の中には思いがけない素人や芸人もあった。

中国の名優の梅蘭芳《メイランファン》が帝国劇場に出演しに来たとき、その肝煎《きもい》りをした某富豪に向って、老妓は「費用はいくらかかっても関《かま》いませんから、一度のおりをつくって欲しい」と頼み込んで、その富豪に宥《なだ》め返されたという話が、嘘《うそ》か本当か、彼女の逸話の一つになっている。

笑い苦しめられた芸妓の一人が、その復讐《ふくしゅう》のつもりもあって
「姐さんは、そのとき、銀行の通帳を帯揚げから出して、お金ならこれだけありますと、その方に見せたというが、ほんとうですか」と訊《き》く。

すると、彼女は
「ばかばかしい。子供じゃあるまいし、帯揚げのなんのって……」

こどものようになって、ぷんぷん怒るのである。その真偽はとにかく、彼女からこ

ういうぶな態度を見たいためにも、若い女たちはしばしば訊いた。

「だがね。おまえさんたち」と小そのは総《すべ》てを語ったのちにいう、「何人男を代えてもつづまるところ、たった一人の男を求めているに過ぎないのだね。いまこうやって思い出して見て、この男、あの男と部分々々に牽《ひ》かれるものの残っているところは、その求めている男の一部一部の切れはしなのだよ。だから、どれもこれも一人では永くは続かなかったのさ」

「そして、その求めている男というのは」と若い芸妓たちは訊き返すと
「それがはっきり判《わか》れば、苦労なんかしやしないやね」それは初恋の男のようでもあり、また、この先、見つかって来る男かも知れないのだと、彼女は日常生活の場合の憂鬱な美しさを生地で出して云《い》った。

「そこへ行くと、堅気さんの女は羨《うらやま》しいねえ。親がきめてくれる、生涯ひとりの男を持って、何も迷わずに子供を儲《もう》けて、その子供の世話になって死んで行く」

ここまで聴くと、若い芸妓たちは、姐《ねえ》さんの話もいいがあとが人をくさらしていけないと評するのであった。

小そのが永年の辛苦で一通りの財産も出来、座敷の勤めも自由な選択が許されるよ

うになった十年ほど前から、何となく健康で常識的な生活を望むようになった。芸者屋をしている表店と彼女の住っている裏の蔵附の座敷とは隔離してしまって、しもたや風の出入口を別に露地から表通りへつけるように造作したのも、その現われの一つであるし、遠縁の子供を貰《もら》って、養女にして女学校へ通わせたのもその現われの一つである。彼女の稽古事《けいこごと》が新時代的のものや知識的のものに移って行ったのも、或《あるい》はまたその現われの一つと云えるかも知れない。この物語を書き記す作者のもとへは、下町のある知人の紹介で和歌を学びに来たのであるが、そのとき彼女はこういう意味のことを云った。

芸者というものは、調法ナイフのようなもので、これと云って特別によく利《き》くこともいらないが、大概なことに間に合うものだけは持っていなければならない。どうかその程度に教えて頂きたい。この頃は自分の年恰好《かっこう》から、自然上品向きのお客さんのお相手をすることが多くなったから。

作者は一年ほどこの母ほども年上の老女の技能を試みたが、和歌は無い素質ではなかったが、むしろ俳句に適する性格を持っているのが判ったので、やがて女流俳人の某女に紹介した。老妓はそれまでの指導の礼だといって、出入りの職人を作者の家へ寄越して、中庭に下町風の小さな池と噴水を作ってくれた。

彼女が自分の母屋《おもや》を和洋折衷風に改築して、電化装置にしたのは、彼女が職業先の料亭のそれを見て来て、負けず嫌いからの思い立ちに違いないが、設備して見て、彼女はこの文明の利器が現す働きには、健康的で神秘なものを感ずるのだった。

水を口から注ぎ込むとたちまち湯になって栓口から出るギザーや、煙管《きせる》の先で圧《お》すと、すぐ種火が点じて煙草《たばこ》に燃えつく電気莨盆《たばこぼん》や、それらを使いながら、彼女の心は新鮮に慄《ふる》えるのだった。

「まるで生きものだね、ふーム、物事は万事こういかなくっちゃ……」

その感じから想像に生れて来る、端的で速力的な世界は、彼女に自分のして来た生涯を顧みさせた。

「あたしたちのして来たことは、まるで行燈《あんどん》をつけては消し、消してはつけるようなまどろい生涯だった」

彼女はメートルの費用の嵩《かさ》むのに少なからず辟易《へきえき》しながら、電気装置をいじるのを楽しみに、しばらくは毎朝こどものように早起した。

電気の仕掛けはよく損じた。近所の蒔田《まきた》という電気器具商の主人が来て修繕した。彼女はその修繕するところに附纏《つきまと》って、珍らしそうに見ているうちに、彼女にいくらかの電気の知識が摂《と》り入れられた。

「陰の電気と陽の電気が合体すると、そこにいろいろの働きを起して来る。ふーむ、こりゃ人間の相性とそっくりだねえ」

彼女の文化に対する驚異は一層深くなった。

女だけの家では男手の欲しい出来事がしばしばあった。それで、この方面の支弁も兼ねて蒔田が出入していたが、あるとき、蒔田は一人の青年を伴って来て、これから電気の方のことはこの男にやらせると云った。名前は柚木《ゆき》といった。快活で事もなげな青年で、家の中を見廻しながら

「芸者屋にしちゃあ、三味線がないなあ」などと云った。度々来ているうち、その事もなげな様子と、それから人の気先は撥《は》ね返す颯爽《さっそう》とした若い気分が、いつの間にか老妓の手頃な言葉仇《がたき》となった。

「柚木君の仕事はチャチだね。一週間と保《も》った試しはないぜ」彼女はこんな言葉を使うようになった。

「そりゃそうさ、こんなつまらない仕事は。パッションが起らないからねえ」

「パッションて何だい」

「パッションかい。ははは、そうさなあ、君たちの社会の言葉でいうなら、うん、そうだ、いろ気が起らないということだ」

ふと、老妓は自分の生涯に憐《あわれ》みの心が起った。パッションとやらが起らずに、ほとんど生涯勤めて来た座敷の数々、相手の数々が思い泛《うか》べられた。

「ふむ。そうかい。じゃ、君、どういう仕事ならいろ気が起るんだい」

青年は発明をして、専売特許を取って、金を儲《もう》けることだといった。

「なら、早くそれをやればいいじゃないか」

柚木は老妓の顔を見上げたが

「やればいいじゃないかって、そう事が簡単に……（柚木はここで舌打をした）だから君たちは遊び女といわれるんだ」

「いやそうでないね。こう云い出したからには、こっちに相談に乗ろうという腹があるからだよ。食べる方は引受けるから、君、思う存分にやってみちゃどうだね」

こうして、柚木は蒔田の店から、小そのが持っている家作の一つに移った。老妓は柚木のいうままに家の一部を工房に仕替え、多少の研究の機械類も買ってやった。

小さい時から苦学をしてやっと電気学校を卒業はしたが、目的のある柚木は、体を縛られる勤人になるのは避けて、ほとんど日傭《ひようと》取り同様の臨時雇いになり、市中の電気器具店廻りをしていたが、ふと蒔田が同郷の中学の先輩で、その上世話好きの男なのに絆《ほだ》され、しばらくその店務を手伝うことになって住み込んだ。だが蒔田の家には子供が多いし、こまこました仕事は次から次とあるし、辟易《へきえき》していた矢先だったのですぐに老妓の後援を受け入れた。しかし、彼はたいして有難いとは思わなかった。散々あぶく銭を男たちから絞って、好き放題なことをした商売女が、年老いて良心への償いのため、誰でもこんなことはしたいのだろう。こっちから恩恵を施してやるのだという太々しい考は持たないまでも、老妓の好意を負担には感じられなかった。生れて始めて、日々の糧《かて》の心配なく、専心に書物の中のことと、実験室の成績と突き合せながら、使える部分を自分の工夫の中へ鞣《なめ》し取って、世の中にないものを創《つく》り出して行こうとする静かで足取りの確かな生活は幸福だった。柚木は自分ながら壮軀《そうく》と思われる身体に、麻布のブルーズを着て、頭を鏝《こて》で縮らし、椅子《いす》に斜に倚《よ》って、煙草を燻《く》ゆらしている自分の姿を、柱かけの鏡の中に見て、前とは別人のように思い、また若き発明家に相応《ふさ》わしいものに自分ながら思った。工房の外は廻り縁になっていて、矩形《くけい》の細長い庭には植木も少しはあった。彼は仕事に疲れると、この縁へ出て仰向《あおむ》けに寝転び、都会の少し淀《よど》んだ青空を眺めながら、いろいろの空想をまどろみの夢に移し入れた。

小そのは四五日目毎《ごと》に見舞って来た。ずらりと家の中を見廻して、暮しに不自由そうな部分を憶《おぼ》えて置いて、あとで自宅のものの誰かに運ばせた。
「あんたは若い人にしちゃ世話のかからない人だね。いつも家の中はきちんとしてい
るし、よごれ物一つ溜《た》めてないね」
「そりゃそうさ。母親が早く亡《な》くなっちゃったから、あかんぼのうちから襁褓《おむつ》を自分
で洗濯して、自分で当てがった」
老妓は「まさか」と笑ったが、悲しい顔付きになって、こう云った。
「でも、男があんまり細かいことに気のつくのは偉くなれない性分じゃないのかい」
「僕だって、根からこんな性分でもなさそうだが、自然と慣らされてしまったのだね。
ちっとでも自分にだらしがないところが眼につくと、自分で不安なのだ」
「何だか知らないが、欲しいものがあったら、遠慮なくいくらでもそうお云いよ」
初午《はつうま》の日には稲荷鮨《いなりずし》など取寄せて、母子のような寛《くつろ》ぎ方で食べたりした。
養女のみち子の方は気紛れであった。来はじめると毎日のように来て、柚木を遊び
相手にしようとした。小さい時分から情事を商品のように取扱いつけているこの社会
に育って、いくら養母が遮断《しゃだん》したつもりでも、商品的の情事が心情に染《し》みないわけは
なかった。早くからマセて仕舞って、しかも、それを形式だけに覚えてしまった。青
春などは素通りしてしまって、心はこどものまま固って、その上皮にほんの一重大人

の分別がついてしまった。柚木は遊び事には気が乗らなかった。興味が弾まないままみち子は来るのが途絶えて、久しくしてからまたのっそりと来る。自分の家で世話をしている人間に若い男が一人いる、遊びに行かなくちゃ損だというくらいの気持ちだった。老母が縁もゆかりもない人間を拾って来て、不服らしいところもあった。

みち子は柚木の膝《ひざ》の上へ無造作に腰をかけた。様式だけは完全な流眄《ながしめ》をして

「どのくらい目方があるかを量ってみてよ」

柚木は二三度膝を上げ下げしたが

「結婚適齢期にしちゃあ、情操のカンカンが足りないね」

「そんなことはなくってよ、学校で操行点はAだったわよ」

みち子は柚木のいう情操という言葉の意味をわざと違えて取ったのか、本当に取り違えたものか――

柚木は衣服の上から娘の体格を探って行った。それは栄養不良の子供が一人前の女の嬌態《きょうたい》をする正体を発見したような、おかしみがあったので、彼はつい失笑した。

「ずいぶん失礼ね」

「どうせあなたは偉いのよ」みち子は怒って立上った。

「まあ、せいぜい運動でもして、おっかさん位な体格になるんだね」

みち子はそれ以後何故《なぜ》とも知らず、しきりに柚木に憎《にく》しみを持った。

半年ほどの間、柚木の幸福感は続いた。しかし、それから先、彼は何となくぼんやりして来た。目的の発明が空想されているうちは、確に素晴らしく思ったが、実地に調べたり、研究する段になると、自分と同種の考案はすでにいくつも特許されていて、たとえ自分の工夫の方がずっと進んでいるにしても、既許のものとの牴触《ていしょく》を避けるため、かなり模様を変えねばならなくなった。その上こういう発明器が果して社会に需要されるものやらどうかも疑われて来た。実際専門家から見ればいいものなのだが、一向社会に行われない結構な発明があるかと思えば、ちょっとした思付きのもので、非常に当ることもある。発明にはスペキュレーションを伴うということも、柚木は兼ね兼ね承知していることではあったが、その運びがこれほど思いどおり素直に行かないものだとは、実際にやり出してはじめて痛感するのだった。

しかし、それよりも柚木にこの生活への熱意を失わしめた原因は、自分自身の気持ちに在った。前に人に使われて働いていた時分は、生活の心配を離れて、専心に工夫に没頭したら、さぞ快いだろうという、その憧憬から日々の雑役も忍べていたのだが、その通りに朝夕を送れることになってみると、単調で苦渋なものだった。ときどきあまり静で、その上全く誰にも相談せず、自分一人だけの考を突き進めている状態は、何だか見当違いなことをしているため、とんでもない方向へ外《そ》れていて、社会から自分一人が取り残されたのではないかという脅《おび》えさえ屢々《しばしば》起った。

金儲《かねもう》けということについても疑問が起った。この頃のように暮しに心配がなくなりほんの気晴らしに外へ出るにしても、映画を見て、酒場へ寄って、微酔を帯びて、円タクに乗って帰るぐらいのことで充分すむ。その上その位な費用なら、そう云えば老妓は快くくれた。そしてそれだけで自分の慰楽は充分満足だった。柚木は二三度職業仲間に誘われて、女道楽をしたこともあるが、売もの、買いもの以上に求める気は起らず、それより、早く気儘《きまま》の出来る自分の家へ帰って、のびのびと自分の好みの床に寝たい気がしきりに起った。彼は遊びに行っても外泊は一度もしなかった。彼は寝具だけは身分不相応のものを作っていて、羽根蒲団など、自分で鳥屋から羽根を買って来て器用に拵《こしら》えていた。

いくら探してみてもこれ以上の慾が自分に起りそうもない、妙に中和されてしまった自分を発見して柚木は心寒くなった。

これは、自分等の年頃の青年にしては変態になったのではないかしらんとも考えた。それに引きかえ、あの老妓は何という女だろう。憂鬱《ゆううつ》な顔をしながら、根に判《わか》らない逞《たく》ましいものがあって、稽古《けいこ》ごと一つだって、次から次へと、未知のものを貪《むさぼ》り食って行こうとしている。常に満足と不満が交る交る彼女を押し進めている。

小そのがまた見廻りに来たときに、柚木はこんなことから訊《き》く話を持ち出した。

「フランスレビュウの大立者の女優で、ミスタンゲットというのがあるがね」

「ああそんなら知ってるよ。レコードで……あの節廻しはたいしたもんだね」

「あのお婆《ばあ》さんは体中の皺《しわ》を足の裏へ、括《くく》って溜めているという評判だが、あんたなんかまだその必要はなさそうだなあ」

老妓の眼はぎろりと光ったが、すぐ微笑して

「あたしかい、さあ、もうだいぶ年越の豆の数も殖《ふ》えたから、前のようには行くまいが、まあ試しに」といって、老妓は左の腕の袖口《そでぐち》を捲《まく》って柚木の前に突き出した。

「あんたがだね。ここの腕の皮を親指と人差指で力一ぱい抓《つね》って圧《おさ》えててご覧」

柚木はいう通りにしてみた。柚木にそうさせて置いてから、老妓はその反対側の腕の皮膚を自分の右の二本の指で抓って引くと、柚木の指に挟《はさ》まっていた皮膚はじいわり滑り抜けて、もとの腕の形に納まるのである。もう一度柚木は力を籠《こ》めて試してみたが、老妓にひかれると滑り去って抓り止めていられなかった。鰻《うなぎ》の腹のような靭《つよ》い滑かさと、羊皮紙のような神秘な白い色とが、柚木の感覚にいつまでも残った。

「気持ちの悪い……。だが、驚いたなあ」

老妓は腕に指痕《ゆびあと》の血の気がさしたのを、縮緬《ちりめん》の襦袢《じゆばん》の袖で擦《こす》り散らしてから、腕を納めていった。

「小さいときから、打ったり叩《たた》かれたりして踊りで鍛えられたお蔭《かげ》だよ」

だが、彼女はその幼年時代の苦労を思い起して、暗澹《あんたん》とした顔つきになった。

「おまえさんは、この頃、どうかおしかえ」

と老妓はしばらく柚木をじろじろ見ながらいった。

「いいえさ、勉強しろとか、早く成功しろとか、そんなことをいうんじゃないよ。まあ、魚にしたら、いきが悪くなったように思えるんだが、どうかね。自分のことだけだって考え剰《あま》っている筈《はず》の若い年頃の男が、年寄の女に向って年齢のことを気遣うのなども、もう皮肉に気持ちがこずんで来た証拠だね」

柚木は洞察の鋭さに舌を巻きながら、正直に白状した。

「駄目だな、僕は、何も世の中にいろ気がなくなったよ。いや、ひょっとしたら始めからない生れつきだったかも知れない」

「そんなこともなかろうが、しかし、もしそうだったら困ったものだね。君は見違えるほど体など肥《ふと》って来たようだがね」

事実、柚木はもとよりいい体格の青年が、ふーっと膨《ふく》れるように脂肪がついて、坊ちゃんらしくなり、茶色の瞳《ひとみ》の眼の上瞼《うわまぶた》の腫《は》れ具合や、顎《あご》が二重に括《くび》れて来たところに艶《つや》めいたいろさえつけていた。

「うん、体はとてもいい状態で、ただこうやっているだけで、とろとろしたいい気持ちで、よっぽど気を張り詰めていないと、気にかけなくちゃならないことも直ぐ忘れているんだ。それだけ、また、ふだん、いつも不安なのだよ。生れてこんなこと始めてだ」

「麦とろの食べ過ぎかね」老妓は柚木がよく近所の麦飯ととろ、、、を看板にしている店から、それを取寄せて食べるのを知っているものだから、こうまぜっかえしたが、すぐ真面目になり「そんなときは、何でもいいから苦労の種を見付けるんだね。苦労もほどほどの分量にゃ持ち合せているもんだよ」

それから二三日経《た》って、老妓《ろうぎ》は柚木を外出に誘った。連れにはみち子と老妓の家の抱えでない柚木の見知らぬ若い芸妓が二人いた。若い芸妓たちは、ちょっとした盛装をしていて、老妓に

「姐《ねえ》さん、今日はありがとう」と丁寧に礼を云った。

老妓は柚木に

「今日は君の退屈の慰労会をするつもりで、これ等の芸妓たちにも、ちゃんと遠出の費用を払ってあるのだ」と云った。「だから、君は旦那になったつもりで、遠慮なく愉快をすればいい」

なるほど、二人の若い芸妓たちは、よく働いた。竹屋の渡しを渡船に乗るときには年下の方が柚木に「おにいさん、ちょっと手を取って下さいな」と云った。そして船の中へ移るとき、わざとよろけて柚木の背を抱えるようにして摑《つかま》った。柚木の鼻に香油の匂《にお》いがして、胸の前に後襟《えり》の赤い裏から肥った白い首がむっくり抜き出て、ぼんの窪《くぼ》の髪の生え際《ぎわ》が、青く霞《かす》めるところまで、突きつけたように見せた。顔は少し横向きになっていたので、厚く白粉《おしろい》をつけて、白いエナメルほど照りを持つ頰から中高の鼻が彫刻のようにはっきり見えた。

老妓は船の中の仕切りに腰かけていて、帯の間から煙草《たばこ》入れとライターを取出しかけながら

「いい景色だね」と云った。

円タクに乗ったり、歩いたりして、一行は荒川放水路の水に近い初夏の景色を見て廻った。工場が殖え、会社の社宅が建ち並んだが、むかしの鐘《かね》ヶ淵《ふち》や、綾瀬《あやせ》の面かげ

は石炭殻の地面の間に、ほんの切れ端になってところどころに残っていた。綾瀬川の名物の合歓《ねむ》の木は少しばかり残り、対岸の蘆洲《あしず》の上に船大工だけ今もいた。

「あたしが向島の寮に囲われていた時分、旦那がとても嫉妬家《やきもちやき》でね、この界隈《かいわい》から外へは決して出してくれない。それであたしはこの辺を散歩すると云って寮を出るし、男はまた鯉釣りに化けて、この土手下の合歓の並木の陰に船を繋《もや》って、そこでいまいうランデブウをしたものさね」

夕方になって合歓の花がつぼみかかり、船大工の槌《つち》の音がいつの間にか消えると、青白い河靄《かわもや》がうっすり漂う。

「私たちは一度心中の相談をしたことがあったのさ。なにしろ舷《ふなばた》一つ跨《また》げば事が済むことなのだから、ちょっと危かった」

「どうしてそれを思い止ったのか」と柚木はせまい船のなかをのしのし歩きながら訊いた。

「いつ死のうかと逢《あ》う度毎《ごと》に相談しながら、のびのびになっているうちに、ある日川の向うに心中態《てい》の土左衛門が流れて来たのだよ。人だかりの間から熟々《つくづく》眺めて来て男は云ったのさ。心中ってものも、あれはざまの悪いものだ。やめようって」

「あたしは死んでしまったら、この男にはよかろうが、あとに残る旦那が可哀想《かわいそう》だという気がして来てね。どんな身の毛のよだつような男にしろ、嫉妬をあれほど妬《や》かれるとあとに心が残るものさ」

若い芸妓たちは「姐さんの時代ののんきな話を聴いていると、私たちきょう日の働き方が熟々《つくづく》がつがつにおもえて、いやんなっちゃう」と云った。

すると老妓は「いや、そうでないねえ」と手を振った。「この頃はこの頃でいいところがあるよ。それにこの頃は何でも話が手取り早くて、まるで電気のようでさ、そしていろいろの手があって面白いじゃないか」

そういう言葉に執成《とりな》されたあとで、年下の芸妓を主に年上の芸妓が介添になって、頻《しき》りに艶《なま》めかしく柚木を取持った。

みち子はというと何か非常に動揺させられているように見えた。

はじめは軽蔑《けいべつ》した超然とした態度で、一人離れて、携帯のライカで景色など撮《うつ》していたが、にわかに柚木に慣れ慣れしくして、柚木の歓心を得ることにかけて、芸妓たちに勝越そうとする態度を露骨に見せたりした。

そういう場合、未成熟《なま》の娘の心身から、利《き》かん気を僅《わず》かに絞り出す、病鶏のささ身ほどの肉感的な匂いが、柚木には妙に感覚にこたえて、思わず肺の底へ息を吸わした。だが、それは刹那《せつな》的のものだった。心に打ち込むものはなかった。

若い芸妓たちは、娘の挑戦を快くは思わなかったらしいが、大姐さんの養女のことではあり、自分達は職業的に来ているのだから、無理な骨折りを避けて、娘が努めるうちは媚《こ》びを差控え、娘の手が緩むと、またサービスする。みち子にはそれが自分の菓子の上にたかる蠅《はえ》のようにうるさかった。

何となくその不満の気持ちを晴らすらしく、みち子は老妓に当ったりした。

老妓はすべてを大して気にかけず、悠々と土手でカナリヤの餌《え》のはこべを摘んだり菖蒲園《しょうぶえん》できぬかつぎを肴《さかな》にビールを飲んだりした。

夕暮になって、一行が水神《すいじん》の八百松へ晩餐《ばんさん》をとりに入ろうとすると、みち子は、柚木をじろりと眺めて

「あたし、和食のごはんたくさん、一人で家に帰る」と云い出した。芸妓たちが驚いて、では送ろうというと、老妓は笑って

「自動車に乗せてやれば、何でもないよ」といって通りがかりの車を呼び止めた。

自動車の後姿を見て老妓は云った。

「あの子も、おつな真似《まね》をすることを、ちょんぼり覚えたね」

柚木にはだんだん老妓のすることが判らなくなった。むかしの男たちへの罪滅しの

ために若いものの世話でもして気を取直すつもりかと思っていたが、そうでもない。近頃この界隈《かいわい》に噂《うわさ》が立ちかけて来た、老妓の若い燕《つばめ》というそんな気配はもちろん、老妓は自分に対して現わさない。

何で一人前の男をこんな放胆な飼い方をするのだろう。柚木は近頃工房へは少しも入らず、発明の工夫も断念した形になっている。そして、そのことを老妓はとくに知っている癖に、それに就《つ》いては一言も云わないだけに、いよいよパトロンの目的が疑われて来た。縁側に向いている硝子《ガラス》窓から、工房の中が見えるのを、なるべく眼を外らして、縁側に出て仰向《あおむ》けに寝転ぶ。夏近くなって庭の古木は青葉を一せいにつけ、池を埋めた渚《なぎさ》の残り石から、いちはつやつつじの花が虻《あぶ》を呼んでいる。空は凝《こ》って青く澄み、大陸のような雲が少し雨気で色を濁しながらゆるゆる移って行く。隣の乾物《ほしもの》の陰に桐《きり》の花が咲いている。

柚木は過去にいろいろの家に仕事のために出入りして、醤油樽《しょうゆだる》の黴臭《かびくさ》い戸棚の隅に首を突込んで窮屈な仕事をしたことや、主婦や女中に昼の煮物を分けて貰《もら》って弁当を使ったことや、その頃は嫌《いや》だった事が今ではむしろなつかしく想《おも》い出される。蒔田の狭い二階で、注文先からの設計の予算表を造っていると、子供が代る代る来て、頸筋《くびすじ》が赤く腫《は》れるほど取りついた。小さい口から嘗《な》めかけの飴玉《あめだま》を取出して、涎《よだれ》の糸をひいたまま自分の口に押し込んだりした。

彼は自分は発明なんて大それたことより、普通の生活が欲しいのではないかと考え始めたりした。ふと、みち子のことが頭に上った。老妓は高いところから何も知らない顔をして、鷹揚《おうよう》に見ているが、実は出来ることなら自分をみち子の婿《むこ》にでもして、ゆくゆく老後の面倒でも見て貰おうとの腹であるのかも知れない。だがまたそうとばかり判断も仕切れない。あの気嵩《きがさ》な老妓がそんなしみったれた計画で、ひとに好意をするのではないことも判《わか》る。

みち子を考える時、形式だけは十二分に整っていて、中身は実が入らずじまいになった娘、柚木はみなし茹《ゆ》で栗の水っぽくぺちゃぺちゃな中身を聯想《れんそう》して苦笑したが、この頃みち子が自分に憎《にくし》みのようなものや、反感を持ちながら、妙に粘って来る態度が心にとまった。

彼女のこの頃の来方は気紛れでなく、一日か二日置き位な定期的なものになった。

みち子は裏口から入って来た。彼女は茶の間の四畳半と工房が座敷の中に仕切って拵《こしら》えてある十二畳の客座敷との襖《ふすま》を開けると、そこの敷居の上に立った。片手を柱に凭《もた》せ体を少し捻《ひね》って嬌態《きょうたい》を見せ、片手を拡《ひろ》げた袖《そで》の下に入れて、写真を撮《と》るときのようなポーズを作った。俯向《うつむ》き加減に眼を不機嫌らしく額越しに覗《のぞ》かして

「あたし来てよ」と云った。
縁側に寝ている柚木はただ「うん」と云っただけだった。
みち子はもう一度同じことを云って見たが、同じような返事だったので、本当に腹を立て
「何て不精たらしい返事なんだろう、もう二度と来てやらないから」と云った。
「仕様のない我儘《わがまま》娘だな」と云って、柚木は上体を起上らせつつ、足を胡坐《あぐら》に組みながら
「ほほう、今日は日本髪か」とじろじろ眺めた。
「知らない」といって、みち子はくるりと後向きになって着物の背筋に拗《す》ねた線を作った。柚木は、華やかな帯の結び目の上はすぐ、突襟《つきえり》のうしろ口になり、頸の附根を真っ白く富士形に覗かせて誇張した媚態《びたい》を示す物々しさに較《くら》べて、帯の下の腰つきから裾《すそ》は、一本花のように急に削《そ》げていて味もそっけもない少女のままなのを異様に眺めながら、この娘が自分の妻になって、何事も自分に気を許し、何事も自分に頼りながら、小うるさく世話を焼く間柄になった場合を想像した。それでは自分の一生も案外小ぢんまりした平凡に規定されてしまう寂寞《せきばく》の感じはあったが、しかし、また何かそうなってみての上のことでなければ判らない不明な珍らしい未来の想像が、現在の

自分の心情を牽《ひ》きつけた。

柚木は額を小さく見せるまでたわわに前髪や鬢《びん》を張り出した中に整い過ぎたほど型通りの美しい娘に化粧したみち子の小さい顔に、もっと自分を夢中にさせる魅力を見出したくなった。

「もう一ぺんこっちを向いてご覧よ、とても似合うから」

みち子は右肩を一つ揺ったが、すぐくるりと向き直って、ちょっと手を胸と鬢へやって掻《か》い繕った。「うるさいのね、さあ、これでいいの」彼女は柚木が本気に自分を見入っているのに満足しながら、薬玉《くすだま》の簪《かんざし》の垂れをピラピラさせて云った。

「ご馳走を持って来てやったのよ。当ててご覧なさい」

柚木はこんな小娘に嬲《なぶ》られる甘さが自分に見透かされたのかと、心外に思いながら

「当てるの面倒臭い。持って来たのなら、早く出し給《たま》え」と云った。

みち子は柚木の権柄《けんぺい》ずくにたちまち反抗心を起して「人が親切に持って来てやったのを、そんなに威張るのなら、もうやらないわよ」と横向きになった。

「出せ」と云って柚木は立上った。彼は自分でも、自分が今、しかかる素振りに驚きつつ、彼は権威者のように「出せと云ったら、出さないか」と体を嵩張らせて、のそのそとみち子に向って行った。

自分の一生を小さい陥穽《かんせい》に嵌《は》め込んでしまう危険と、何か不明の牽引力《けんいんりょく》の為めに、危険と判り切ったものへ好んで身を挺《てい》して行く絶体絶命の気持ちとが、生れて始めての極度の緊張感を彼から抽《ひ》き出した。自己嫌悪《けんお》に打負かされまいと思って、彼の額から脂汗《あぶらあせ》がたらたらと流れた。

みち子はその行動をまだ彼の冗談半分の権柄ずくの続きかと思って、ふざけて軽蔑《けいべつ》するように眺めていたが、だいぶ模様が違うので途中から急に恐ろしくなった。

彼女はやや茶の間の方へ退《すさ》りながら

「誰が出すもんか」と小さく呟《つぶや》いていたが、柚木が彼女の眼を火の出るように見詰めながら、徐々に懐中から一つずつ手を出して彼女の肩にかけると、恐怖のあまり「あっ」と二度ほど小さく叫び、彼女の何の修装もない生地の顔が感情を露出して、眼鼻や口がばらばらに配置された。「出し給え」「早く出せ」その言葉の意味は空虚で、柚木の腕から太い戦慄《せんりつ》が伝って来た。柚木の大きい咽喉《のど》仏がゆっくり生唾《なまつば》を飲むのが感じられた。

彼女は眼を裂けるように見開いて「ご免なさい」と泣声になって云ったが、柚木はまるで感電者のように、顔を痴呆《ちほう》にして、鈍く蒼《あお》ざめ、眼をもとのように据えたままただ戦慄だけをいよいよ激しく両手からみち子の体に伝えていた。

みち子はついに何ものかを柚木から読み取った。普段「男は案外臆病《おくびょう》なものだ」と養母の言った言葉がふと思い出された。立派な一人前の男が、そんなことで臆病と戦っているのかと思うと、彼女は柚木が人のよい大きい家畜のように可愛《かわ》ゆく思えて来た。

彼女はばらばらになった顔の道具をたちまちまとめて、愛嬌したたるような媚《こ》びの笑顔に造り直した。

「ばか、そんなにしないだって、ご馳走あげるわよ」

柚木の額の汗を掌でしゅっと払い捨ててやり
「こっちにあるから、いらっしゃいよ。さあね」

ふと鳴って通った庭樹の青嵐を振返ってから、柚木のがっしりした腕を把《と》った。

さみだれが煙るように降る夕方、老妓は傘をさして、玄関横の柴折戸《しおりど》から庭へ入って来た。渋い座敷着を着て、座敷へ上ってから、褄《つま》を下ろして坐った。

「お座敷の出がけだが、ちょっとあんたに云《い》っとくことがあるので寄ったんだがね」

莨入《たばこい》れを出して、煙管《きせる》で煙草《たばこ》盆代りの西洋皿を引寄せて
「この頃、うちのみち子がしょっちゅう来るようだが、なに、それについて、とやかく云うんじゃないがね」

若い者同志のことだから、もしやということも彼女は云った。

「そのもしやもだね」

本当に性が合って、心の底から惚《ほ》れ合うというのなら、それは自分も大賛成なのである。

「けれども、もし、お互いが切れっぱしだけの惚れ合い方で、ただ何かの拍子で出来合うということでもあるなら、そんなことは世間にはいくらもあるし、つまらない。必ずしもみち子を相手取るにも当るまい。私自身も永い一生そんなことばかりで苦労して来た。それなら何度やっても同じことなのだ」

仕事であれ、男女の間柄であれ、混り気のない没頭した一途《いちず》な姿を見たいと思う。

私はそういうものを身近に見て、素直に死にたいと思う。

「何も急いだり、焦《あせ》ったりすることはいらないから、仕事なり恋なり、無駄をせず、一揆《いっき》で心残りないものを射止めて欲しい」と云った。

柚木は「そんな純粋なことは今どき出来もしなけりゃ、在るものでもない」と磊落《らいらく》に笑った。老妓も笑って
「いつの時代だって、心懸けなきゃ滅多にないさ。だから、ゆっくり構えて、まあ、好きなら麦とろでも食べて、運の籤《くじ》の性質をよく見定めなさいというのさ。幸い体が

いいからね。根気も続きそうだ」

車が迎えに来て、老妓は出て行った。

柚木はその晩ふらふらと旅に出た。

老妓の意志はかなり判って来た。それは彼女に出来なかったことを自分にさせようとしているのだ。しかし、彼女が彼女に出来なくて自分にさせようとしていることなぞは、彼女とて自分とて、またいかに運の籤のよきものを抽《ひ》いた人間とて、現実では出来ない相談のものなのではあるまいか。現実というものは、切れ端は与えるが、全部はいつも眼の前にちらつかせて次々と人間を釣って行くものではなかろうか。

自分はいつでも、そのことについては諦《あきら》めることが出来る。しかし彼女は諦めということを知らない。その点彼女に不敏なところがあるようだ。だがある場合には不敏なものの方に強味がある。

たいへんな老女がいたものだ、と柚木は驚いた。何だか甲羅を経て化けかかっているようにも思われた。悲壮な感じにも衝《う》たれたが、また、自分が無謀なその企てに捲《ま》き込まれる嫌な気持ちもあった。出来ることなら老女が自分を乗せかけている果しも知らぬエスカレーターから免れて、つんもりした手製の羽根蒲団のような生活の中に潜《もぐ》り込みたいものだと思った。彼はそういう考えを裁くために、東京から汽車で二時間ほどで行ける海岸の旅館へ来た。そこは蒔田の兄が経営している旅館で、蒔田に頼まれて電気装置を見廻りに来てやったことがある。広い海を控え雲の往来の絶え間ない山があった。こういう自然の間に静思して考えを纏《まと》めようということなど、彼には今までについぞなかったことだ。

体のよいためか、ここへ来ると、新鮮な魚はうまく、潮を浴びることは快かった。しきりに哄笑《こうしょう》が内部から湧《わ》き上って来た。

第一にそういう無限な憧憬にひかれている老女がそれを意識しないで、刻々のちまちました生活をしているのがおかしかった。それからある種の動物は、ただその周囲の地上に圏の筋をひかれただけで、それを越し得ないというそれのように、柚木はここへ来ても老妓の雰囲気から脱し得られない自分がおかしかった。その中に籠《こ》められているときは重苦しく退屈だが、離れるとなると寂しくなる。それ故《ゆえ》に、自然と探し出して貰いたい底心の上に、判り易《やす》い旅先を選んで脱走の形式を採っている自分の現状がおかしかった。

みち子との関係もおかしかった。何が何やら判らないで、一度稲妻のように掠《かす》れ合った。

滞在一週間ほどすると、電気器具店の蒔田が、老妓から頼まれて、金を持って迎えに来た。蒔田は「面白くないこともあるだろう。早く収入の道を講じて独立するんだね」と云った。

柚木は連れられて帰った。しかし、彼はこの後、たびたび出奔癖がついた。

「おっかさんまた柚木さんが逃げ出してよ」

運動服を着た養女のみち子が、蔵の入口に立ってそう云った。自分の感情はそっちのけに、養母が動揺するのを気味よしとする皮肉なところがあった。「ゆんべもおといの晩も自分の家へ帰って来ませんとさ」

新日本音楽の先生の帰ったあと、稽古場《けいこば》にしている土蔵の中の畳敷の小ぢんまりした部屋になおひとり残って、復習直《さらい》しをしていた老妓は、三味線をすぐ下に置くと、内心口惜《くや》しさが漲《みなぎ》りかけるのを気にも見せず、けろりとした顔を養女に向けた。

「あの男。また、お決まりの癖が出たね」

長煙管《ながぎせる》で煙草を一ぷく喫《す》って、左の手で袖口を摑《つか》み展《ひら》き、着ている大島の男縞《じま》が似合うか似合わないか検《ため》してみる様子をしたのち

「うっちゃってお置き、そうそうはこっちも甘くなってはいられないんだから」

そして膝《ひざ》の灰をぽんぽんと叩《たた》いて、楽譜をゆっくりしまいかけた。いきり立ちでもするかと思った期待を外された養母の態度にみち子はつまらないという顔をして、ラケットを持って近所のコートへ出かけて行った。すぐそのあとで老妓は電気器具屋に電話をかけ、いつもの通り蒔田に柚木の探索を依頼した。遠慮のない相手に向って放つその声には自分が世話をしている青年の手前勝手を詰《なじ》る激しい鋭さが、発声口から聴話器を握っている自分の手に伝わるまでに響いたが、彼女の心の中は不安な脅《おび》えがやや情緒的に醱酵《はっこう》して寂しさの微醺《ほろよい》のようなものになって、精神を活潑《かっぱつ》にしていた。

電話器から離れると彼女は

「やっぱり若い者は元気があるね。そうなくちゃ」

呟《つぶや》きながら眼がしらにちょっと袖口を当てた。彼女は柚木が逃げる度に、柚木に尊敬の念を持って来た。だがまた彼女は、柚木がもし帰って来なくなったらと想像すると、毎度のことながら取り返しのつかない気がするのである。

真夏の頃、すでに某女に紹介して俳句を習っている筈《はず》の老妓からこの物語の作者に珍らしく、和歌の添削の詠草が届いた。作者はそのとき偶然老妓が以前、和歌の指導の礼に作者に拵《こしら》えてくれた中庭の池の噴水を眺める縁側で食後の涼を納《い》れていたので、そこで取次ぎから詠草を受取って、池の水音を聴きながら、非常な好奇心をもって久しぶりの老妓の詠草を調べてみた。その中に最近の老妓の心境が窺《うかが》える一首があるので紹介する。もっとも原作に多少の改削を加えたのは、師弟の作法というより、読む人への意味の疏通《そつう》をより良くするために外ならない。それは僅に修辞上の箇所にとどまって、内容は原作を傷《きずつ》けないことを保証する。

年々にわが悲しみは深くして
いよよ華やぐいのちなりけり

鮨

東京の下町と山の手の境い目といったような、ひどく坂や崖《がけ》の多い街がある。

表通りの繁華から折れ曲って来たものには、別天地の感じを与える。

つまり表通りや新道路の繁華な刺戟《しげき》に疲れた人々が、時々、刺戟を外ずして気分を転換する為《た》めに紛れ込むようなちょっとした街筋――。

福ずしの店のあるところは、この町でも一ばん低まったところで、二階建の銅張りの店構えは、三四年前表だけを造作したもので、裏の方は崖に支えられている柱の足を根つぎして古い住宅のままを使っている。

古くからある普通の鮨屋《すし》だが、商売不振で、先代の持主は看板ごと家作をともよの両親に譲って、店もだんだん行き立って来た。

新らしい福ずしの主人は、もともと東京で屈指の鮨店で腕を仕込んだ職人だけに、周囲の状況を察して、鮨の品質を上げて行くに造作もなかった。前にはほとんど出まえだったが、新らしい主人になってからは、鮨盤の前や土間に腰かける客が多くなったので、始めは、主人夫婦と女の子のともよ三人きりの暮しであったが、やがて職人を入れ、子供と女中を使わないでは間に合わなくなった。

店へ来る客は十人十いろだが、全体に就《つい》ては共通するものがあった。

後からも前からもぎりぎりに生活の現実に詰め寄られている、その間をぽっと外ずして気分を転換したい。

一つ一つ我まがまきいて、ちんまりした贅沢《ぜいたく》ができて、そして、ここへ来ている間は、くだらなくばかになれる。好みの程度に自分から裸になれたり、仮装したり出来る。たとえ、そこで、どんな安ちょくなことをしても云っても、誰も軽蔑《けいべつ》するものがない。お互いに現実から隠れんぼうをしているような者同志の一種の親しさ、そして、かばい合うような懇《ねんごろ》な眼ざしで鮨をつまむ手つきや茶を呑《の》む様子を視合ったりする。かとおもうとまたそれは人間という木石の如《ごと》く、はたの神経とはまったく無交渉な様子で黙々といくつかの鮨をつまんで、さっさと帰って行く客もある。

鮨というものの生む甲斐《かい》々《がい》しいまめやかな雰囲気、そこへ人がいくら耽《ふけ》り込んでも、擾《みだ》れるようなことはない。万事が手軽くこだわりなく行き過ぎてしまう。

福ずしへ来る客の常連は、元狩猟銃器店の主人、デパート外客廻り係長、歯科医師、畳屋の伜《せがれ》、電話のブローカー、石膏《せっこう》模型の技術家、児童用品の売込人、兎肉販売の勧誘員、証券商会をやったことのあった隠居――このほかにこの町の近くの何処《どこ》かに棲《す》んでいるに違いない劇場関係の芸人で、劇場がひまな時は、何か内職をするらしく、脂《あぶら》づいたような絹ものをぞろりと着て、青白い手で鮨を器用につまんで喰べて行く男もある。

常連で、この界隈《かいわい》に住んでいる暇のある連中は散髪のついでに寄って行くし、遠くからこの附近へ用足しのあるものは、その用の前後に寄る。季節によって違うが、日が長くなると午後の四時頃から灯がつく頃が一ばん落合って立て込んだ。

めいめい、好み好みの場所に席を取って、鮨種子《すしだね》で融通してくれるさしみや、酢《す》のもので酒を飲むものもあるし、すぐ鮨に取りかかるものもある。

ともよの父親である鮨屋の亭主は、ときには仕事場から土間へ降りて来て、黒みがかった押鮨を盛った皿を常連のまん中のテーブルに置く。

「何だ、何だ」

好奇の顔が四方から覗《のぞ》き込む。

「まあ、やってご覧、あたしの寝酒の肴《さかな》さ」

亭主は客に友達のような口をきく。

「こはだにしちゃ味が濃いし——」

ひとつ撮《つま》んだのがいう。

「鯵《あじ》かしらん」

するとと、畳敷の方の柱の根に横坐りして見ていた内儀《かみ》さん――ともよの母親――が、
はははと太り肉《じし》を揺って「みんなおとッつぁんに一ぱい喰った」と笑った。

それは塩さんまを使った押鮨で、おからを使って程よく塩と脂を抜いて、押鮨にしたのであった。

「おとっさん狡《ずる》いぜ、ひとりでこっそりこんな旨《うま》いものを拵《こしら》えて食うなんて――」

「へえ、さんまも、こうして食うとまるで違うね」

客たちのこんな話が一しきりがやがや渦まく。

「なにしろあたしたちは、銭のかかる贅沢はできないからね」

「おとっさん、なぜこれを、店に出さないんだ」

「冗談いっちゃ、いけない、これを出した日にゃ、他の鮨が蹴押《けお》されて売れなくなっちまわ。第一、さんまじゃ、いくらも値段がとれないからね」

「おとッつぁん、なかなか商売を知っている」

その他、鮨の材料を採ったあとの鰹《かつお》の中落だの、鮑《あわび》の腸《はらわた》だの、鯛《たい》の白子だのを巧に調理したものが、ときどき常連にだけ突出された。ともよはそれを見て

「飽きあきする。あんなまずいもの」

と顔を皺《しわ》めた。だが、それらは常連からくれといってもなかなか出さないで、思わぬときにひょっこり出す。亭主はこのことにかけてだけ、いこじでむら気なのを知っているので、決してねだらない。

よほど欲しいときは、娘のともよにこっそり頼む。するとともよは面倒臭そうに探し出して与える。

ともよは幼い時から、こういう男達は見なれて、その男たちを通して世の中を頃あいでこだわらない、いささか稚気のあるものに感じて来ていた。

女学校時代に、鮨屋の娘ということが、いくらか恥じられて、家の出入の際には、できるだけ友達を近づけないことにしていた苦労のようなものがあって、孤独な感じはあったが、ある程度までの孤独感は、家の中の父母の間柄からも染《し》みつけられていた。父と母と喧嘩《けんか》をするような事はなかったが、気持ちはめいめい独立していた。ただ生きて行くことの必要上から、事務的よりも、もう少し本能に喰い込んだ協調やいたわり方を暗黙のうちに交換して、それが反射的にまで発育しているので、世間からは無口で比較的仲のよい夫婦にも見えた。父親は、どこか下町のビルディングに支店を出すことに熱意を持ちながら、小鳥を飼うのを道楽にしていた。母親は、物見遊《ゆ》山《さん》にも行かず、着ものも買わない代りに月々の店の売上げ額から、自分だけの月がけ貯金をしていた。

　両親は、娘のことについてだけは一致したものがあった。とにかく教育だけはしとかなくてはということだった。まわりに浸々《ひたひた》と押し寄せて来る、知識的な空気に対して、この点では両親は期せずして一致して社会への競争的なものは持っていた。

「自分は職人だったからせめて娘は」

と――だが、それから先をどうするかは、全く茫然《ぼうぜん》としていた。

　無邪気に育てられ、表面だけだが世事に通じ、軽快でそして孤独的なものを持っている。これがともよの性格だった。こういう娘を誰も目の敵《かたき》にしたり邪魔にするものはない。ただ男に対してだけは、ずばずば応対して女の子らしい羞《はじ》らいも、作為の態度もないので、一時女学校の教員の間で問題になったが、商売柄、自然、そういう女の子になったのだと判《わか》って、いつの間にか疑いは消えた。

　ともよは学校の遠足会で多摩川べりへ行ったことがあった。春さきの小川の淀《よど》みの淵《ふち》を覗《のぞ》いていると、いくつも鮒《ふな》が泳ぎ流れて来て、新茶のような青い水の中に尾鰭《おひれ》を閃《ひら》めかしては、杭根《くいね》の苔《こけ》を食《は》んで、また流れ去って行く。するともうあとの鮒が流れ溜《たま》って尾鰭を閃めかしている。流れ来り、流れ去るのだが、その交替は人間の意識の眼には留まらない程すみやかでかすかな作業のようで、いつも若干の同じ魚が、其処《そこ》に遊んでいるかとも思える。ときどきは不精そうな鯰《なまず》も来た。

自分の店の客の新陳代謝はともよにはこの春の川の魚のようにも感ぜられた。（たとえ常連というグループはあっても、そのなかの一人々々はいつか変っている）自分は杭根のみどりの苔のように感じた。みんな自分に軽く触れては慰められて行く。ともよは店のサーヴィスを義務とも辛抱とも感じなかった。胸も腰もつくろわない少女じみたカシミヤの制服を着て、有合せの男の下駄をカランカラン引きずって、客へ茶を運ぶ。客が情事めいたことをいって揶揄《からか》うと、ともよは口をちょっと尖《とが》らし、片方の肩を一しょに釣上げて

「困るわそんなこと、何とも返事できないわ」

という。さすがに、それには極く軽い媚《こ》びが声に捩《よじ》れて消える。客は仄《ほの》かな明るいものを自分の気持ちのなかに点じられて笑う。ともよは、その程度の福ずしの看板娘であった。

客のなかの湊《みなと》というのは、五十過ぎぐらいの紳士で、濃い眉《まゆ》がしらから顔へかけて、憂愁の蔭《かげ》を帯びている。時によっては、もっと老《ふ》けて見え、場合によっては情熱的な

壮年者にも見えるときもあった。けれども鋭い理智から来る一種の諦念《ていねん》といったようなものが、人柄の上に冴《さ》えて、苦味のある顔を柔和に磨いていた。

濃く縮れた髪の毛を、程よくもじょもじょに分け仏蘭西髭《フランスひげ》を生やしている。服装は赫《あか》い短靴を埃《ほこり》まみれにしてホームスパンを着ている時もあれば、少し古びた結城《ゆうき》で着流しのときもある。独身者であることはたしかだが職業は誰にも判らず、店ではいつか先生と呼び馴れていた。鮨の喰べ方は巧者であるが、強いて通がるところも無かった。

サビタのステッキを床にとんとつき、椅子《いす》に腰かけてから体を斜に鮨の握り台の方に傾け、硝子《ガラス》箱の中に入っている材料を物憂そうに点検する。

「ほう。今日はだいぶ品数があるな」

と云ってともよの運んで来た茶を受け取る。

「カンパチが脂《あぶら》がのっています。それに今日は蛤《はまぐり》も——」

ともよの父親の福ずしの亭主は、いつかこの客の潔癖な性分であることを覚え、湊が来ると無意識に俎板《まないた》や塗盤の上へしきりに布巾《ふきん》をかけながら云う。

「じゃ、それを握って貰《もら》おう」

「はい」

亭主はしぜん、ほかの客とは違った返事をする。湊の鮨の喰べ方のコースは、いわれなくともともよの父親は判っている。鮪《まぐろ》の中とろから始って、つめのつく煮ものの鮨になり、だんだんあっさりした青い鱗《うろこ》のさかなに進む。そして玉子と海苔巻《のりまき》に終る。それで握り手は、その日の特別の注文は、適宜にコースの中へ加えればいいのである。

湊は、茶を飲んだり、鮨を味わったりする間、片手を頬に宛《あ》てがうか、そのまま首を下げてステッキの頭に置く両手の上へ顎《あご》を載せるかして、じっと眺める。眺めるのは開け放してある奥座敷を通して眼に入る裏の谷合の木がくれの沢地か、水を撒《ま》いてある表通りに、向うの塀《へい》から垂れ下っている椎《しい》の葉の茂みかどちらかである。

ともよは、初めは少し窮屈な客と思っていただけだったが、だんだんこの客の謎《なぞ》めいた眼の遣り処《やりどころ》を見慣れると、お茶を運んで行ったときから鮨を喰い終るまで、よそばかり眺めていて、一度もその眼を自分の方に振り向けないときは、物足りなく思うようになった。そうかといって、どうかして、まともにその眼を振り向けられ自分の眼と永く視線を合せていると、自分を支えている力を暈《ぼか》されて危いような気がした。

偶然のように顔を見合して、ただ一通りの好感を寄せる程度で、微笑してくれるときはともよは父母とは違って、自分をほぐしてくれるなにか暖味のある刺戟《しげき》のような感じをこの年とった客からうけた。だからともよは湊がいつまでもよそばかり見ているときは土間の隅の湯沸しの前で、絽《ろ》ざしの手をとめて、たとえば、作り咳《せき》をするとか耳に立つものの音をたてるかして、自分ながらしらずしらず湊の注意を自分に振り向ける所作をした。すると湊は、ぴくりとして、ともよの方を見て、微笑する。上歯と下歯がきっちり合い、引緊《ひきしま》って見える口の線が、滑《なめら》かになり、仏蘭西髭の片端が目についてあがる――父親は鮨を握りながらちょっと眼を挙げる。ともよのいたずら気とばかり思い、また不愛想な顔をして仕事に向う。

湊はこの店へ来る常連とは分け隔てなく話す。競馬の話、株の話、時局の話、碁、将棋の話、盆栽の話――大体こういう場所の客の間に交される話題に洩《も》れないものだが、湊は、八分は相手に話さして、二分だけ自分が口を開くのだけれども、その寡黙《かもく》は相手を見下げているのでもなく、つまらないのを我慢しているのでもない。その証拠には、盃《さかずき》の一つもさされると

「いやどうも、僕は身体を壊していて、酒はすっかりとめられているのですが、折角ですから、じゃ、まあ、頂きましょうかな」といって、細いがっしりとしている手を、何度も振って、さも敬意を表するように鮮かに盃を受取り、気持ちよく飲んでまた盃を返す。そして徳利を器用に持上げて酌をしてやる。その挙動の間に、いかにも人なつこく他人の好意に対しては、何倍にかして返さなくては気が済まない性分が現われ

ているので、常連の間で、先生は好い人だということになっていた。

ともよは、こういう湊を見るのは、あまり好かなかった。あの人にしては軽すぎると相手客のほんの気まぐれに振り向けられた親しみに対して、ああまともに親身の情を返すのは、湊の持っているものが減ってしまうように感じた。ふだん陰気なくせに、一たん向けられると、何という浅ましくがつがつ人情に饑《う》えている様子を現わす年とった男だろうと思う。ともよは湊が中指に嵌《は》めている古代埃及《エジプト》の甲虫《スカラップ》のついている銀の指環《ゆびわ》さえそういうときは嫌味《いやみ》に見えた。

湊の応対ぶりに有頂天になった相手客が、なお繰り返して湊に盃をさし、湊も釣り込まれて少し笑声さえたてながらその盃の遣り取りを始め出したと見る時は、ともよはつかつかと寄って行って

「お酒、あんまり呑《の》んじゃ体にいけないって云ってるくせに、もう、よしなさい」

と湊の手から盃をひったくる。そして湊の代りに相手の客にその盃をつき返して黙って行ってしまう。それは必ずしも湊の体をおもう為《ため》でなく、妙な嫉妬《しっと》がともよにそうさせるのであった。

「なかなか世話女房だぞ、ともよちゃんは」

相手の客がそういう位でその場はそれなりになる。湊も苦笑しながら相手の客に一

礼して自分の席に向き直り、重たい湯呑み茶碗に手をかける。

ともよは湊のことが、だんだん妙な気がかりになり、却《かえ》って、そしらぬ顔をして黙っていることもある。湊がはいって来ると、つんと済して立って行ってしまうこともある。湊もそういう素振りをされて、却って明るく薄笑いするときもあるが、全然、ともよの姿の見えぬときは物寂しそうに、いつもより一そう、表通りや裏の谷合の景色を深々と眺める。

ある日、ともよは、籠《かご》をもって、表通りの虫屋へ河鹿《かじか》を買いに行った。ともよの父親は、こういう飼いものに凝《こ》る性分で、飼い方もうまかったが、ときどきは失敗して数を減らした。が今年ももはや初夏の季節で、河鹿など涼しそうに鳴かせる時分だ。

ともよは、表通りの目的の店近く来ると、その店から湊が硝子鉢を下げて出て行く姿を見た。湊はともよに気がつかないで硝子鉢をいたわりながら、むこう向きにそろそろ歩いていた。

ともよは、店へ入って手ばやく店のものに自分の買うものを注文して、籠にそれを入れて貰う間、店先へ出て、湊の行く手に気をつけていた。

河鹿を籠に入れて貰うと、ともよはそれを持って、急いで湊に追いついた。

「先生ってば」

「ほう、ともちゃんか、珍らしいな、表で逢《あ》うなんて」

二人は、歩きながら、互いの買いものを見せ合った。湊は西洋の観賞魚の髑髏魚《ゴーストフィシュ》を買っていた。それは骨が寒天のような肉に透き通って、腸が鰓《えら》の下に小さくこみ上っていた。

「先生のおうち、この近所」

「いまは、この先のアパートにいる。だが、いつ越すかわからないよ」

湊は珍らしく表で逢ったからともよにお茶でも御馳走しようといって町筋をすこし物色したが、この辺には思わしい店もなかった。

「まさか、こんなものを下げて銀座へも出かけられんし」

「ううん銀座なんか行かなくっても、どこかその辺の空地で休んで行きましょうよ」

湊は今更のように漲《みなぎ》りわたる新樹の季節を見廻し、ふうっと息を空に吹いて

「それも、いいな」

表通りを曲ると間もなく崖《がけ》端に病院の焼跡の空地があって、煉瓦塀《れんがべい》の一側がローマの古跡のように見える。ともよと湊は持ちものを叢《くさむら》の上に置き、足を投げ出した。

ともよは、湊になにかいろいろ訊《き》いてみたい気持ちがあったのだが、いまこうして傍《かたわら》に並んでみると、そんな必要もなく、ただ、霧のような匂《にお》いにつつまれて、しん

しんとするだけである。湊の方が却って弾《はず》んでいて
「今日は、ともちゃんが、すっかり大人に見えるね」

などと機嫌好さそうに云う。

ともよは何を云おうかと暫《しばら》く考えていたが、大したおもいつきでも無いようなことを、とうとう云い出した。

「あなた、お鮨《すし》、本当にお好きなの」

「さあ」

「じゃ何故《なぜ》来て喰べるの」

「好きでないことはないさ、けど、さほど喰べたくない時でも、鮨を喰べるということが僕の慰みになるんだよ」

「なぜ」

何故、湊が、さほど鮨を喰べたくない時でも鮨を喰べるというその事だけが湊の慰めとなるかを話し出した。

——旧《ふる》くなって潰《つぶ》れるような家には妙な子供が生れるというものか、大きな家の潰れるときというものは、大人より子供にその脅えが予感されるというものか、それが激しく来ると、子は母の胎内にいるときから、そんな脅えに命を蝕《むしば》まれているのかも

しれないね――というような言葉を冒頭に湊は語り出した。

その子供は小さいときから甘いものを好まなかった。おやつにはせいぜい塩煎餅《せんべい》ぐらいを望んだ。喰べるときは、上歯と下歯を叮嚀《ていねい》に揃《そろ》え円い形の煎餅の端を規則正しく噛《か》み取った。ひどく湿っていない煎餅なら大概好い音がした。子供は噛み取った煎餅の破片をじゅうぶんに咀嚼《そしゃく》して咽喉《のど》へきれいに嚥《の》み下してから次の端を噛み取ることにかかる。上歯と下歯をまた叮嚀に揃え、その間へまた煎餅の次の端を挟《はさ》み入れる――いざ、噛み破るときに子供は眼を薄く瞑《つぶ》り耳を澄ます。

ぺちん
同じ、ぺちんという音にも、いろいろの性質《たち》があった。子供は聞き慣れてその音の種類を聞き分けた。

ある一定の調子の響きを当てたとき、子供はぶるぶると胴慄《どうぶる》いした。子供は煎餅を持った手を控えて、しばらく考え込む。うっすら眼に涙を溜《た》めている。

家族は両親と、兄と姉と召使いだけだった。家中で、おかしな子供と云われていた。その子供の喰べものは外にまだ偏《かたよ》っていた。さかなが嫌いだった。あまり数の野菜は好かなかった。肉類は絶対に近づけなかった。

神経質のくせに表面は大ように見せている父親はときどき

「ぼうずはどうして生きているのかい」と子供の食事を覗《のぞ》きに来た。一つは時勢のためでもあるが、父親は臆病《おくびょう》なくせに大ように見せたがる性分から、家の没落をじりじり眺めながら「なに、まだ、まだ」とまけおしみを云って潰して行った。子供の小さい膳の上には、いつものように炒《い》り玉子と浅草海苔《のり》が、載っていた。母親は父親が覗くとその膳を袖《そで》で隠すようにして

「あんまり、はたから騒ぎ立てないで下さい、これさえ気まり悪がって喰べなくなりますから」

その子供には、実際、食事が苦痛だった。体内へ、色、香、味のある塊団《かたまり》を入れると、何か身が穢《けが》れるような気がした。空気のような喰べものは無いかと思う。腹が減ると饑《う》えは充分感じるのだが、うっかり喰べる気はしなかった。床の間の冷たく透き通った水晶の置きものに、舌を当てたり、頰をつけたりした。饑えぬいて、頭の中が澄み切ったまま、だんだん、気が遠くなって行く。それが谷地の池水を距《へだ》ててA――丘の後へ入りかける夕陽を眺めているときでもあると（湊の生れた家もこの辺の地勢に似た都会の一隅にあった。）子どもはこのままのめり倒れて死んでも関《かま》わないとさえ思う。だが、この場合は窪《くぼ》んだ腹に緊《きつ》く締めつけてある帯の間に両手を無理にさし込み、体は前のめりのまま首だけ仰のいて

「お母さあん」

と呼ぶ。子供の呼んだのは、現在の生みの母のことではなかった。子供は現在の生みの母は家族じゅうで一番好きである。けれども子供にはまだ他に自分に「お母さん」と呼ばれる女性があって、どこかに居そうな気がした。自分がいま呼んで、もし「はい」といってその女性が眼の前に出て来たなら自分はびっくりして気絶してしまうに違いないとは思う。しかし呼ぶことだけは悲しい楽しさだった。

「お母さあん、お母さあん」

薄紙が風に慄《ふる》えるような声が続いた。

「はあい」

と返事をして現在の生みの母親が出て来た。

「おや、この子は、こんな処《とこ》で、どうしたのよ」

肩を揺《ゆす》って顔を覗き込む。子供は感違いした母親に対して何だか恥しく赫《あか》くなった。

「だから、三度々々ちゃんとご飯食べておくれと云うに、さ、ほんとに後生だから」

母親はおろおろの声である。こういう心配の揚句、玉子と浅草海苔が、この子の一ばん性に合う喰べものだということが見出《みいだ》されたのだった。これなら子供には腹に重苦しいだけで、穢《けが》されざるものに感じた。

子供はまた、ときどき、切ない感情が体のどこからか判《わか》らないで体一ぱいに詰まるのを感じる。そのときは、酸味のある柔いものなら何でも噛んだ。生梅や橘《たちばな》の実を捥《も》いで来て噛んだ。さみだれの季節になると子供は都会の中の丘と谷合にそれ等の実の在所をそれらを啄《ついば》みに来る鳥のようによく知っていた。

子供は、小学校はよく出来た。一度読んだり聞いたりしたものは、すぐ判って乾板のように脳の襞《ひだ》に焼きつけた。子供には学課の容易さがつまらなかった。つまらないという冷淡さが、却って学課の出来をよくした。

家の中でも学校でも、みんなはこの子供を別もの扱いにした。

父親と母親とが一室で言い争っていた末、母親は子供のところへ来て、しみじみとした調子でいった。

「ねえ、おまえがあんまり痩《や》せて行くもんだから学校の先生と学務委員たちの間で、あれは家庭で衛生の注意が足りないからだという話が持上ったのだよ。それを聞いて来てお父つぁんは、ああいう性分だもんだから、私に意地くね悪く当りなさるんだよ」

そこで母親は、畳の上へ手をついて、子供に向ってこっくりと、頭を下げた。

「どうか頼むから、もっと、喰べるものを喰べて、肥《ふと》っておくれ、そうしてくれないと、あたしは、朝晩、いたたまれない気がするから」

子供は自分の畸形《きけい》な性質から、いずれは犯すであろうと予感した罪悪を、犯したような気がした。わるい。母に手をつかせ、お叩頭《じぎ》をさせてしまったのだ。顔がかっとなって体に慄《ふる》えが来た。だが不思議にも心は却って安らかだった。すでに、自分は、こんな不孝をして悪人となってしまった。こんな奴なら自分は滅びてしまっても自分で惜しいとも思うまい。よし、何でも喰べてみよう、喰べ馴れないものを喰べて体が慄え、吐いたりもどしたり、その上、体じゅうが濁り腐って死んじまっても好いとしよう。生きていてしじゅう喰べものの好き嫌いをし、人をも自分をも悩ませるよりその方がましではあるまいか——。

子供は、平気を装《よそお》って家のものと同じ食事をした。すぐ吐いた。口中や咽喉《のど》を極力無感覚に制御したつもりだが嚥《の》み下した喰べものが、母親以外の女の手が触れたものと思う途端に、胃嚢《いぶくろ》が不意に逆に絞り上げられた——女中の裾《すそ》から出る剝《は》げた赤いゆもじや飯炊婆《めしたきばあ》さんの横顔になぞってある黒鬢《びん》つけの印象が胸の中を暴力のように掻《か》き廻した。

兄と姉はいやな顔をした。父親は、子供を横眼でちらりと見たまま、知らん顔して晩酌の盃《さかずき》を傾けていた。母親は子供の吐きものを始末しながら、恨めしそうに父親の

顔を見て
「それご覧なさい。あたしのせいばかりではないでしょう。この子はこういう性分です」

と嘆息した。しかし、父親に対して母親はなお、おずおずはしていた。

その翌日であった。母親は青葉の映りの濃く射す縁側へ新しい茣蓙《ござ》を敷き、俎板《まないた》だの庖丁《ほうちょう》だの水桶《みずおけ》の蠅帳《はいちょう》だの持ち出した。それもみな買い立ての真新しいものだった。

母親は、自分と俎板を距てた向側に子供を坐らせた。子供の前には膳の上に一つの皿を置いた。

母親は、腕捲《まく》りして、薔薇《ばら》いろの掌を差出して手品師のように、手の裏表を返して子供に見せた。それからその手を言葉と共に調子づけて擦《こす》りながら云った。

「よくご覧、使う道具は、みんな新しいものだよ。それから拵《こしら》える人は、おまえさんの母さんだよ。手はこんなにもよくきれいに洗ってあるよ。判ったかい。判ったら、さ、そこで――」

母親は、鉢の中で炊きさました飯に酢を混ぜた。母親も子供もこんこん噎《む》せた。それから母親はその鉢を傍に寄せて、中からいくらかの飯の分量を摑《つか》み出して、両手で小さく長方形に握った。

蠅帳の中には、すでに鮨の具《ぐ》が調理されてあった。母親は素早くその中からひとき、れを取出してそれからちょっと押えて、長方形に握った飯の上へ載せた。子供の前の膳の上の皿へ置いた。玉子焼鮨だった。

「ほら、鮨だよ、おすしだよ。手々で、じかに摑《つか》んで喰べても好いのだよ」

子供は、その通りにした。はだかの肌をするする撫《な》でられるようなころ合いの酸味に、飯と、玉子のあまみがほろほろに交ったあじわいが丁度舌一ぱいに乗った具合――それをひとつ喰べてしまうと体を母に抛《す》りつけたいほど、おいしさと、親しさが、ぬくめた香湯のように子供の身うちに湧《わ》いた。

子供はおいしいと云うのが、きまり悪いので、ただ、にいっと笑って、母の顔を見上げた。

「そら、もひとつ、いいかね」

母親は、また手品師のように、手をうら返しにして見せた後、飯を握り、蠅帳から具の一片《ひとき》れを取りだして押しつけ、子供の皿に置いた。

子供は今度は握った飯の上に乗った白く長方形の切片を気味悪く覗いた。すると母親は怖《こわ》くない程度の威丈高《いたけだか》になって

「何でもありません、白い玉子焼だと思って喰べればいいんです」
といった。

かくて、子供は、烏賊《いか》というものを生れて始めて喰べた。象牙《ぞうげ》のような滑らかさがあって、生餅より、よっぽど歯切れがよかった。子供は烏賊鮨を喰べていたその冒険のさなか、詰めていた息のようなものを、はっ、として顔の力みを解いた。うまかったことは、笑い顔でしか現わさなかった。

母親は、こんどは、飯の上に、白い透きとおる切片をつけて出した。子供は、それを取って口へ持って行くときに、脅かされるにおいに掠《かす》められたが、鼻を詰らせて、思い切って口の中へ入れた。

白く透き通る切片は、咀嚼《そしやく》のために、上品なうま味に衝《つ》きくずされ、程よい滋味の圧感に混って、子供の細い咽喉《のど》へ通って行った。

「今のは、たしかに、ほんとうの魚に違いない。自分は、魚が喰べられたのだ——」

そう気づくと、子供は、はじめて、生きているものを嚙《か》み殺したような征服と新鮮を感じ、あたりを広く見廻したい歓《よろこ》びを感じた。むずむずする両方の脇腹《わきばら》を、同じような歓びで、じっとしていられない手の指で摑み掻《か》いた。

「ひ ひ ひ ひ ひ」

無暗に疳高《かんだか》に子供は笑った。母親は、勝利は自分のものだと見てとると、指についた飯粒を、ひとつひとつ払い落したりしてから、わざと落ちついて蠅帳のなかを子供に見せぬよう覗いて云った。

「さあ、こんどは、何にしようかね……はてね……まだあるかしらん……」

子供は焦立《いらだ》って絶叫する。

「すし！　すし」

母親は、嬉《うれ》しいのをぐっと堪《こら》える少し呆《ほう》けたような――それは子供が、母としては一ばん好きな表情で、生涯忘れ得ない美しい顔をして

「では、お客さまのお好みによりまして、次を差上げまあす」

最初のときのように、薔薇いろの手を子供の眼の前に近づけ、母はまたも手品師のように裏と表を返して見せてから鮨を握り出した。同じような白い身の魚の鮨が握り出された。

母親はまず最初の試みに注意深く色と生臭の無い魚肉を選んだらしい。それは鯛と比良目《ひらめ》であった。

子供は続けて喰べた。母親が握って皿の上に置くのと、子供が摑み取る手と、競走するようになった。その熱中が、母と子を何も考えず、意識しない一つの気持ちの痺《しび》

れた世界に牽《ひ》き入れた。五つ六つの鮨が握られて、摑み取られて、喰べられる――その運びに面白く調子がついて来た。素人《しろうと》の母親の握る鮨は、いちいち大きさが違っていて、形も不細工だった。鮨は、皿の上に、ころりと倒れて、載せた具を傍へ落すものもあった。子供は、そういうものへ却って愛感を覚え、自分で形を調《ととの》えて喰べると余計おいしい気がした。子供は、ふと、日頃、内しょで呼んでいるも一人の幻想のなかの母といま目の前に鮨を握っている母とが眼の感覚だけか頭の中でか、一致しかけ一重の姿に紛れている気がした。もっと、ぴったり、一致して欲しいが、あまり一致したら恐ろしい気もする。

自分が、いつも、誰にも内しょで呼ぶ母はやはり、この母親であったのかしら、それがこんなにも自分においしいものを食べさせてくれるこの母であったのなら、内密に心を外の母に移していたのが悪かった気がした。

「さあ、さあ、今日は、この位にして置きましょう。よく喰べておくれだったね」

目の前の母親は、飯粒のついた薔薇いろの手をぱんぱんと子供の前で気もちよさそうにはたいた。

それから後も五、六度、母親の手製の鮨に子供は慣らされて行った。

ざくろの花のような色の赤貝の身だの、二本の銀色の竪縞《たてじま》のあるさよりだのに、子供は馴染《なじ》むようになった。子供はそれから、だんだん平常の飯の菜にも魚が喰べられるようになった。身体も見違えるほど健康になった。中学へはいる頃は、人が振り返るほど美しく逞《たくま》しい少年になった。

すると不思議にも、今まで冷淡だった父親が、急に少年に興味を持ち出した。晩酌の膳の前に子供を坐らせて酒の対手《あいて》をさしてみたり、玉突きに連れて行ったり、茶屋酒も飲ませた。

その間に家はだんだん潰《つぶ》れて行く。父親は美しい息子が紺飛白《がすり》の着物を着て盃を銜《ふく》むのを見て陶然とする。他所《よそ》の女にちやほやされるのを見て手柄を感ずる。息子は十六七になったときには、結局いい道楽者になっていた。

母親は、育てるのに手数をかけた息子だけに、狂気のようになってその子を父親が台なしにしてしまったと怒る。その必死な母親の怒りに対して父親は張合いもなくうす苦く黙笑してばかりいる。家が傾く鬱積《うっせき》を、こういう夫婦争いで両親は晴らしているのだ、と息子はつくづく味気なく感じた。

息子には学校へ行っても、学課が見通せて判り切ってるように思えた。中学でも彼は勉強もしないでよく出来た。高等学校から大学へ苦もなく進めた。それでいて、何かしら体のうちに切ないものがあって、それを晴らす方法は急いで求めてもなかなか見付からないように感ぜられた。永い憂鬱と退屈あそびのなかから大学も出、職も得た。

家は全く潰れ、父母や兄姉も前後して死んだ。息子自身は頭が好くて、何処《どこ》へ行っても相当に用いられたが、何故《なぜ》か、一家の職にも、栄達にも気が進まなかった。二度目の妻が死んで、五十近くなった時、一寸《ちよつと》した投機でかなり儲《もう》け、一生独りの生活には事かかない見極めのついたのを機に職業も捨てた。それから後は、ここのアパート、あちらの貸家と、彼の一所不定の生活が始まった。

今のはなしのうちの子供、それから大きくなって息子と呼んではなしたのは私のことだと湊は長い談話のあとで、ともよに云った。

「ああ判った。それで先生は鮨《すし》がお好きなのね」

「いや、大人になってからは、そんなに好きでもなくなったのだが、近頃、年をとったせいか、しきりに母親のことを想《おも》い出すのでね。鮨までなつかしくなるんだよ」

二人の坐っている病院の焼跡のひとところに支えの朽ちた藤棚《ふじだな》があって、おどろのように藤蔓《ふじづる》が宙から地上に這《は》い下り、それでも蔓の尖《さき》の方には若葉を一ぱいにつけ、その間から痩せたうす紫の花房が雫《しずく》のように咲き垂れている。庭石の根締めになっていたやしおの躑躅《つつじ》が石を運び去られたあとの穴の側に半面、黝《くろ》く枯れて火のあおりのあとを残しながら、半面に白い花をつけている。

庭の端の崖《がけ》下は電車線路になっていて、ときどき轟々《ごうごう》と電車の行き過ぎる音だけが聞える。

竜《りゅう》の髭《ひげ》のなかのいちはつの花の紫が、夕風に揺れ、二人のいる近くに一本立っている太い棕梠《しゅろ》の木の影が、草叢《くさむら》の上にだんだん斜にかかって来た。ともよが買って来てそこへ置いた籠の河鹿《かじか》が二声、三声、啼《な》き初めた。

二人は笑いを含んだ顔を見合せた。

「さあ、だいぶ遅くなった。ともちゃん、帰らなくては悪かろう」

ともよは河鹿の籠《かご》を提げて立ち上った。すると、湊は自分の買った骨の透き通って見える髑髏魚《ゴーストフィッシュ》をも、そのままともよに与えて立ち去った。

湊はその後、すこしも福ずしに姿を見せなくなった。

「先生は、近頃、さっぱり姿を見せないね」

常連の間に不審がるものもあったが、やがてすっかり忘られてしまった。

ともよは湊と別れるとき、湊がどこのアパートにいるか聞きもらしたのが残念だった。それで、こちらから訪ねても行けず病院の焼跡へ暫《しばら》く佇《たたず》んだり、あたりを見廻しながら石に腰かけて湊のことを考え時々は眼にうすく涙さえためてまた茫然《ぼうぜん》として店へ帰って来るのであったが、やがてともよのそうした行為も止《や》んでしまった。

此頃《このごろ》では、ともよは湊を思い出す度に

「先生は、何処《どこ》かへ越して、また何処かの鮨屋へ行ってらっしゃるのだろう――鮨屋は何処にでもあるんだもの――」

と漠然と考えるに過ぎなくなった。

東海道五十三次

風俗史専攻の主人が、殊《こと》に昔の旅行の風俗や習慣に興味を向けて、東海道に探査の足を踏み出したのはまだ大正も初めの一高の生徒時代だったという。私はその時分のことは知らないが大学生時代の主人が屢々《しばしば》そこへ行くことは確に見ていたし、一度などは私も一緒に連れて行って貰《もら》った。念の為《た》め主人と私の関係を話して置くと、私の父は幼時に維新の匆騒《そうそう》を越えて来たアマチュアの有職故実家《ゆうそく》であったが、斯道《しどう》に熱心で、研究の手伝《てだす》けのため一人娘の私に絵画を習わせた。私は十六七の頃にはもう濃く礬水《どうさ》をひいた薄美濃紙《みのがみ》を宛《あ》てがって絵巻物の断片を謄《す》き写しすることも出来たし、残存の兜《かぶと》の錣《しころ》を、比較を間違えず写生することも出来た。だが、自分の独創で何か一枚画を描いてみようとなるとそれは出来なかった。

主人は父の邸《やしき》へ出入りする唯一《ゆいいつ》の青年といってよかった。他に父が交際している人も無いことはなかったが、みな中年以上か老人であった。その頃は「成功」などという言葉が特に取出されて流行し、娘たちはハイカラ髷《まげ》という洋髪を結っている時代で虫食いの図書遺品を漁《あさ》るというのはよくよく向きの変った青年に違いなかった。けれ

ども父は

「近頃、珍らしい感心な青年だ」と褒《ほ》めた。

主人は地方の零落した旧家の三男で、学途には就《つ》いたものの、学費の半以上は自分で都合しなければならなかった。主人は、好きな道を役立てて歌舞伎の小道具方の相談相手になり、デパートの飾人形の衣裳《いしょう》を考証してやったり、それ等から得る多少の報酬で学費を補っていた。かなり生活は苦しそうだったが、服装はきちんとしていた。

「折角の学問の才を切れ端にして使い散らさないように――」

と始終忠告していた父が、その実意からしても死ぬ少し前、主人を養子に引取って永年苦心の蒐集品《しゅうしゅうひん》と、助手の私を主人に譲ったのは道理である。

私が主人に連れられて東海道を始めてみたのは結婚の相談が纒《まと》まって間もない頃である。

今まで友だち附合いの青年を、急に夫として眺めることは少し窮屈で擽《こそ》ばゆい気もしたが、私には前から幾分そういう予感が無いわけでもなかった。狭い職分や交際範囲の中に同じような空気を呼吸して来た若い男女が、どのみち一組になりそうなことは池の中の魚のように本能的に感じられるものである。私は照れるようなこともなく言葉もそう改めず、この旅でも、ただ身のまわりの世話ぐらいは少し遠慮を除《の》けてしてあげるぐらいなものであった。

私たちは静岡駅で夜行汽車を降りた。すぐ駅の俥《くるま》を雇って町中を曳《ひ》かれて行くと、ほのぼの明けの靄《もや》の中から大きな山葵漬《わさびづけ》の看板や鯛《たい》でんぶの看板がのそっと額の上に現われて来る。旅慣れない私はこころの弾《はず》む思いがあった。

まだ、戸の閉っている二軒のあべ川餅《もち》屋の前を通ると直ぐ川瀬の音に狭霧《さぎり》を立てて安倍《あべ》川が流れている。轍《わだち》に踏まれて躍る橋板の上を曳《ひ》かれて行くと、夜行で寝不足の瞼《まぶた》が涼しく拭《ぬぐ》われる気持ちがする。

町ともつかず村ともつかない鄙《ひな》びた家並がある。ここは重衡《しげひら》の東下《あずまくだ》りのとき、鎌倉で重衡に愛された遊女千手《せんじゅ》の前《まえ》の生れた手越《てごし》の里だという。重衡、斬《き》られて後、千手は尼となって善光寺に入り、歿《ぼっ》したときは二十四歳。こういう由緒《ゆいしょ》を簡単に、主人は前の俥から話し送ってくれる。そういえば山門を向き合って双方、名灸所《めいきゅうしょ》と札をかけている寺など何となく古雅なものに見られるような気がして来た私は、気を利《き》かして距離を縮めてゆるゆる走ってくれる俥の上から訊《き》く。

「むかしの遊女はよく貞操的な恋愛をしたんですわね」

「みんなが、みんなそうでもあるまいが、――その時分に貴賓の前に出るような遊女になると相当生活の独立性が保てたし、一つは年齢の若い遊女にそういうロマンスが多いですね」

「じゃ、千手もまだ重衡の薄倖《はっこう》な運命に同情できるみずみずしい情緒《じょうちょ》のある年頃だったというわけね」

「それにね、当時の鎌倉というものは新興都市には違いないが、何といっても田舎《いなか》で文化に就ては何かと京都をあこがれている。三代の実朝《さねとも》時代になってもまだそんなふうだったから、この時代の鎌倉の千手の前が都会風の洗練された若い公達《きんだち》に会って参ったのだろうし、多少はそういう公達を恋の目標にすることに自分自身誇りを感じたのじゃないでしょうか」

私はもう一度、何となく手越の里を振返った。

私と主人はこういう情愛に関係する話はお互いの間は勿論《もちろん》、現代の出来事を話題としても決して話したことはない。そういうことに触れるのは私たちのような好古家の古典的な家庭の空気を吸って来たものに取って、生々しくて、或る程度の嫌味《いやみ》にさえ感じた。ただ歴史の事柄を通しては、こういう風にたまには語り合うことはあった。それが二人の間に幾らか温かい親しみを感じさせた。

如何《いか》にも街道という感じのする古木の松並木が続く。それが尽きるとぱっと明るくなって、丸い丘が幾つも在る間の開けた田畑の中の道を俥は速力を出した。小さい流れに板橋の架かっている橋のたもとの右側に茶店風の藁《わら》屋の前で俥は梶棒《かじぼう》を卸した。

「はい。丸子へ参りました」

なるほど障子に名物とろろ汁、と書いてある。

「腹が減ったでしょう。ちょっと待ってらっしゃい」

そういって主人は障子を開けて中へ入った。

それは多分、四月も末か、五月に入ったとしたら、まだいくらも経《た》たない時分と記憶する。

静岡辺は暖かいからというので私は薄着の綿入れで写生帳とコートは手に持っていた。そこら辺《あた》りにやしおの花が鮮に咲き、丸味のある丘には一面茶の木が鶯餅《うぐいすもち》を並べたように萌黄《もえぎ》の新芽で装われ、大気の中にまでほのぼのとした匂《にお》いを漂わしていた。

私たちは奥座敷といって奈良漬《ならづけ》色の畳にがたがた障子の嵌《はま》っている部屋で永い間、とろろ汁が出来るのを待たされた。少し細目に開けた障子の隙間《すきま》から畑を越して平凡な裏山が覗《のぞ》かれる。老鶯《おいうぐいす》が鳴く。丸子の宿の名物とろろ汁の店といってももうそれを食べる人は少ないので、店はただの腰掛け飯屋になっているらしく耕地測量の一行らしい器械を携えた三四名と、表に馬を繋《つな》いだ馬子《まご》とが、消し残しの朝の電燈の下で高笑いを混えながら食事をしている。

主人は私に退屈させまいとして懐《ふところ》から東海道分間《ぶんま》図絵を出して頁《ページ》をへぐって説明してくれたりした。地図と鳥瞰図《ちょうかんず》の合の子のようなもので、平面的に書き込んである里程や距離を胸に入れながら、自分の立つ位置から右に左に見ゆる見当のまま、山や神社仏閣や城が、およその見ゆる形に側面の略図を描いてある。勿論、改良美濃紙の複刻本であったが、原図の菱川師宣《ひしかわもろのぶ》のあの暢艶《ちょうえん》で素雅な趣はちらりちらり味えた。しかし、自然の実感というものは全くなかった。

「昔の人間は必要から直接に発明したから、こんな便利で面白いものが出来たんですね。つまり観念的な理窟《りくつ》に義理立てしなかったから——今でもこういうものを作ったら便利だと思うんだが」

はじめ、かなり私への心遣いで話しかけているつもりでも、いつの間にか自分独《ひと》りだけで古典思慕に入り込んだ独り言になっている。好古家の学者に有り勝ちなこの癖を始終私は父に見ているのであまり怪しまなかったけれども、二人で始めての旅で、殊にこういう場所で待たされつつあるときの相手の態度としては、寂しいものがあった。私は気を紛らす為めに障子を少し開けひろげた。

午前の陽はさすがに眩《まぶ》しく美しかった。老婢《ろうひ》が「とろろ汁が出来ました」と運んで来た。別に変った作り方でもなかったが、炊《た》き立ての麦飯の香ばしい湯気に神仙の土のような匂いのする自然薯《じねんじょ》は落ち付いたおいしさがあった。私は香りを消さぬように薬味の青海苔《のり》を撒《ふ》らずに椀《わん》を重ねた。

主人は給仕をする老婢に「皆川老人は」「ふじのや連は」「歯磨き屋は」「彦七は」と妙なことを訊《き》き出した。話の様子では、この街道を通りつけの諸職業の旅人であるらしかった。老婢はそれに対して、消息を知っているのもあるし知らないのもあった。主人が「作楽井《さくらい》さんは」と訊くと

「あら、いま、さきがた、この前を通って行かれました。あなた等も峠へかかられるなら、どこかでお逢《あ》いになりましょう」

と答えた。主人は

「峠へかかるにはかかるが、廻り道をするから——なに、それに別に会いたいというわけでもないし」

と話を打ち切った。

私たちが店を出るときに、主人は私に「この東海道には東海道人種とでも名付くべき面白い人間が沢山いるんですよ」と説明を補足した。

細道の左右に叢々《そうそう》たる竹藪《たけやぶ》が多くなって、やがて二つの小峯が目近く聳《そび》え出した。

天柱山に吐月峰というのだと主人が説明した。私の父は潔癖家で、毎朝、自分の使う莨盆《たばこぼん》の灰吹を私に掃除させるのに、灰吹の筒の口に素地《きじ》の目が新しく肌を現わすまで砥石《といし》の裏に何度も水を流しては擦《こす》らせた。朝の早い父親は、私が眠い眼を我慢して砥石で擦《こす》って持って行く灰吹を、座敷に坐り煙管《きせる》を膝《ひざ》に構えたまま、黙って待っている。私は気が気でなく急いで持って行くと、父は眉《まゆ》を皺《しわ》めて、私に戻す。私はまた擦り直す。その時逆にした灰吹の口に近く指に当るところに磨滅した烙印《らくいん》で吐月峰と捺《お》してあるのがいつも眼についた。春の陽ざしが麗《うら》らかに拡《ひろ》がった空のような色をした竹の皮膚にのんきに据っているこの意味の判《わか》らない書体を不機嫌な私は憎らしく思った。灰吹の口が奇麗に擦れて父の気に入ったときは、父は有難うと言ってそれを莨盆にさし込み、煙管を燻《くゆ》らしながら言った。

「おかげでおいしい朝の煙草が一服吸える」

父はそこで私に珍らしく微笑《ほほえ》みかけるのであった。

母の歿したのちは男の手一つで女中や婆《ばば》あやや書生を使い、私を育てて来た父には生甲斐《いきがい》として考証詮索《せんさく》の楽しみ以外には無いように見えたが、やはり寂しいらしかった。だが、情愛の発露の道を知らない昔人はどうにも仕方なかったらしい。掃き浄《きよ》めた朝の座敷で幽寂閑雅な気分に浸る。それが唯一の自分の心を開く道で、この機会に於《お》いてのみ娘に対しても素直な愛情を示す微笑も洩《も》らせた。私は物ごころついてから父を憐《あわ》れなものに思い出して来て、出来るだけ灰吹を奇麗に掃除してあげることに努めた。そして灰吹に烙印してある吐月峰という文字にも、何かそういった憐れな人間の息抜きをする意味のものが含まれているのではないかと思うようになった。

父は私と主人との結婚話が決まると、その日から灰吹掃除を書生に代ってやらせた。私は物足らなく感じて「してあげますわ」と言っても「まあいい」と言ってどうしてもやらせなかった。参考の写生や縮写もやらせなくなった。恐らく、娘はもう養子のものと譲った気持ちからであろう。私は昔風な父のあまりに律儀《りちぎ》な意地強さにちょっと暗涙を催したのであった。

まわりの円味がかった平凡な地形に対して天柱山と吐月峰は突兀《とっこつ》として秀《ひい》でている。けれども矗《ちく》とか峻《しゅん》とかいう峙《そばだ》ちようではなく、どこまでも撫《な》で肩の柔かい線である。この不自然さが二峰を人工の庭の山のように見せ、その下のところに在る藁葺《わらぶき》の草堂諸共《もろとも》、一幅の絵になって段々近づいて来る。

柴《しば》の門を入ると瀟洒《しょうしゃ》とした庭があって、寺と茶室と折衷《せっちゅう》したような家の入口にさびた聯《れん》がかかっている。聯の句は

幾若葉はやし初の園の竹
山桜思ふ色添ふ霞《かすみ》かな

主人は案内を知っていると見え、柴折戸《しおりど》を開けて中庭へ私を導き、そこから声をかけながら庵の中に入った。一室には灰吹を造りつつある道具や竹材が散らばっているだけで人はいなかった。

主人は関《かま》わずに中へ通り、棚に並べてある宝物に向って、私にこれを写生しとき給《たま》えと命じた。それは一休の持ったという鉄鉢と、頓阿弥《とんあみ》の作ったという人丸《ひとまろ》の木像であった。

私が、矢立の筆を動かしていると、主人はそこらに転がっていた出来損じの新らしい灰吹を持って来て巻煙草を燻らしながら、ぽつぽつ話をする。

この庵の創始者の宗長は、連歌《れんが》は宗祇《そうぎ》の弟子で禅は一休に学んだというが、連歌師としての方が有名である。もと、これから三つ上の宿の島田の生れなので、晩年、斎藤加賀守《かがのかみ》の庇護《ひご》を受け、京から東に移った。そしてここに住みついた。庭は銀閣寺のものを小規模ながら写してあるといった。

「室町も末になって、乱世の間に連歌なんという閑文字が弄《もてあそ》ばれたということも面白いことですが、これが東国の武士の間に流行《はや》ったのは妙ですよ。都から連歌師が下って来ると、最寄《もより》々の城から招いて連歌一座所望したいとか、発句《ほっく》一首ぜひとか、しかもそれがあす合戦に出かける前日に城内から所望されたなどという連歌師の書いた旅行記がありますよ。日本人は風雅に対して何か特別の魂を持ってるんじゃないかな」

　連歌師の中にはまた職掌を利用して京都方面から関東へのスパイや連絡係を勤めたものもあったというから幾分その方の用事もあったには違いないが、太田道灌《どうかん》はじめ東国の城主たちは熱心な風雅擁護者で、従って東海道の風物はかなり連歌師の文章で当時の状況が遺《のこ》されていると主人は語った。

　私はそれよりも宗長という連歌師が東国の広漠たる自然の中に下ってもなお廃残の京都の文化を忘れ兼ね、やっとこの上方の自然に似た二つの小峰を見つけ出してその蔭《かげ》に小さな蝸牛《かたつむり》のような生活を営んだことを考えてみた。少女の未練のようなものを感じていじらしかった。で、立去り際《ぎわ》にもう一度、銀閣寺うつしという庭から天柱、吐月の二峰をよく眺め上げようと思った。

　主人は新らしい灰吹の中へなにがしかの志の金を入れて、工作部屋の入口の敷居に置き

「万事灰吹で間に合せて行く。これが禅とか風雅というものかな」

と言って笑った。

「さあ、これからが宇津《うつ》の谷《や》峠。業平《なりひら》の、駿河《するが》なるうつの山辺のうつつにも夢にも人にあわぬなりけり、あの昔の宇都の山ですね。登りは少し骨が折れましょう。持ちものはこっちへお出しなさい。持っててあげますから」

鉄道の隧道《トンネル》が通っていて、折柄、通りかかった汽車に一度現代の煙を吐きかけられた以後は、全く時代とは絶縁された峠の旧道である。左右から木立の茂った山の崖裾《がけすそ》の間をくねって通って行く道は、ときどき梢《こずえ》の葉の密閉を受け、行手が小暗くなる。そういうところへ来ると空気はひやりとして、右側に趨《はし》っている瀬川の音が急に音を高めて来る。何とも知れない鳥の声が、瀬戸物の破片を擦り合すような鋭い叫声を立てている。

私は芝居で見る黙阿弥《もくあみ》作の「蔦紅葉宇都谷峠《つたもみじうつのやとうげ》」のあの文弥殺しの場面を憶《おも》い起して、婚約中の男女の初旅にしては主人はあまりに甘くない舞台を選んだものだと私は少し脅えながら主人のあとについて行った。

主人はときどき立停って「これ、どきなさい」と洋傘で弾《は》ねている。大きな蟇《がま》が横腹の辺に朽葉を貼《は》りつけて眼の先に蹲《うずくま》っている。私は脅えの中にも主人がこの旧峠道にかかってから別人のように快活になって顔も生々して来たのに気付かないわけには行かなかった。洋傘を振り腕を拡げて手に触れる熊笹を毟《むし》って行く。それは少年のような身軽さでもあり、自分の持地に入った園主のような気儘《きまま》さでもある。そしてときどき私に

「いいでしょう、東海道は」

と同感を強《し》いた。私は

「まあね」と答えるより仕方がなかった。

ふと、私は古典に浸る人間には、どこかその中からロマンチックのものを求める本能があるのではあるまいかなど考えた。あんまり突如として入った別天地に私は草臥《くた》ぶれるのも忘れて、ただせっせと主人について歩いて行くうちどのくらいたったか、ここが峠だという展望のある平地へ出て、家が二三軒ある。

「十団子も小粒になりぬ秋の風という許六の句にあるその十団子を、もとこの辺で売ってたのだが」

主人はそう言いながら、一軒の駄菓子ものを並べて草鞋《わらじ》など吊《つ》ってある店先へ私を休ませた。私たちがおかみさんの運んで来た渋茶を飲んでいると、古障子を開けて呉《ご》絽《ろ》の羽織を着た中老の男が出て来て声をかけた。

「いよう、珍らしいところで逢った」

「や、作楽井《さくらい》さんか、まだこの辺にいたのかね。もっとも、さっき丸子では峠にかかっているとは聞いたが」
と主人は応《こた》える。
「坂の途中で、江尻へ忘れて来た仕事のこと思い出してさ。帰らなきゃなるまい。いま、奥で一ぱい飲みながら考えていたところさ」
中老の男はじろじろ私を見るので主人は正直に私の身元を紹介した。中老の男は私には丁寧に
「自分も絵の端くれを描きますが、いや、その他、何やかや八百屋《やおや》でして」
男はちょっと軒端から空を見上げたが
「どうだ、日もまだ丁度ぐらいだ。奥で僕と一ぱいやってかんかね。昼飯も食うてったらどうです」
と案内顔に奥へ入りかけた。主人は青年ながら家で父と晩酌を飲む口なので、私の顔をちょっと見た。私は作楽井というこの男の人なつかしそうな眼元を見ると、反対するのが悪いような気がしたので
「私は構いませんわ」と言った。
粗壁《あらかべ》の田舎家《いなかや》の奥座敷で主人と中老の男の盃の献酬《けんしゅう》がはじまる。裏の障子を開けた

外は重なった峯の岨《そば》が見開きになって、その間から遠州の平野が見晴せるのだろうが濃い霞《かすみ》が澱《よど》んでかかり、金色にやや透けているのは菜の花畑らしい。覗きに来る子供を叱《しか》りながらおかみさんが斡旋《あっせん》する。私はどこまで旧時代の底に沈ませられて行くか多少の不安と同時に、これより落着きようもない静な気分に魅せられて、傍で茹《ゆ》で卵など剝《む》いていた。

「この間、島田で、大井川の川越しに使った蓮台《れんだい》を持ってる家を見付けた。あんたに逢ったら教えて上げようと思って――」

それから、酒店のしるしとして古風に杉の玉を軒に吊っている家が、まだ一軒石部の宿に残っていることやら、お伊勢参りの風俗や道中唄なら関の宿の古老に頼めば知っていて教えてくれることだの、主人の研究の資料になりそうなことを助言していたが、私の退屈にも気を配ったと見え

「奥さん、東海道というところは一度や二度来てみるのは珍らしくて目保養にもなっていいですが、うっかり嵌《はま》り込んだら抜けられませんぜ。気をつけなさいまし」

嵌り込んだら最後、まるで飴《あめ》にかかった蟻《あり》のようになるのであると言った。

「そう言っちゃ悪いが、御主人なぞもだいぶ足を粘り取られてる方だが」

酒は好きだがそう強くはない性質《たち》らしく、男は赭《あか》い顔に何となく感情を流露さす声

になった。

「この東海道というものは山や川や海がうまく配置され、それに宿々がいい工合な距離に在って、景色からいっても旅の面白味からいっても滅多に無い道筋だと思うのですが、しかしそれより自分は五十三次が出来た慶長頃から、つまり二百七十年ばかりの間に幾百万人の通った人間が、旅というもので嘗《な》める寂しみや幾らかの気散じや、そういったものが街道の土にも松並木にも宿々の家にも浸《し》み込んでいるものがある。その味が自分たちのような、情味に脆《もろ》い性質の人間を痺《しび》らせるのだろうと思いますよ」

強いて同感を求めるような語気でもないから、私は何とも返事しようがない気持をただ微笑に現わして頷《うなず》いてだけいた。すると作楽井は独《ひと》り感に入ったように首を振って

「御主人は、よく知ってらっしゃるが、考えてみれば自分なぞは――」

と言って、身の上話を始めるのであった。

家は小田原在に在る穀物商で、妻《めと》も娶り兄妹三四人の子供もできたのだが、三十四の歳にふと商用で東海道へ足を踏み出したのが病みつきであった。それから、家に腰が落着かなくなった。ここの宿を朝立ちして、晩はあの宿に着こう。その間の孤独で

動いて行く気持ち、前に発《た》った宿には生涯二度と戻るときはなく、行き着く先の宿は自分の目的の唯一《ゆいいつ》のものに思われる。およそ旅というものにはこうした気持ちは附《つ》きものだが、この東海道ほどその感を深くさせる道筋はないと言うのである。それは何度通っても新らしい風物と新らしい感慨にいつも自分を浸すのであった。ここから東の方だけ言っても

程ヶ谷と戸塚の間の焼餅坂《やきもちざか》に権太坂

箱根旧街道

鈴川、松並木の左富士

この宇津の谷

こういう場所は殊《こと》にしみじみさせる。西の方には尚《なお》多いと言った。

それに不思議なことはこの東海道には、京へ上るという目的意識が今もって旅人に働き、泊り重ねて大津へ着くまでは緊張していて常にうれしいものである。だが、大津へ着いたときには力が落ちる。自分たちのような用事もないものが京都へ上ったとて何になろう。

そこで、また、汽車で品川へ戻り、そこから道中双六《すごろく》のように一足一足、上りに向って足を踏み出すのである。何の為《た》めに？　目的を持つ為めに。これを近頃の言葉で

は何というのでしょうか。憧憬、なるほど、その憧憬を作る為めに。

自分が再々家を空《あ》けるので、妻は愛想を尽かしたのも無理はない。妻は子供を連れたまま実家へ引取った。実家は熱田附近だがそう困る家でもないので、心配はしないようなものの、さすがにときどきは子供に学費ぐらいは送ってやらなければならぬ。

作楽井は器用な男だったので、表具やちょっとした建具左官の仕事は出来る。自分で襖《ふすま》を張り替えてそれに書や画もかく。こんなことを生業《なりわい》として宿々に知り合いが出来るとなおこの街道から脱《ぬ》けられなくなり、家を離散してから二十年近くも東海道を住家として上り下りしていると語った。

「こういう人間は私一人じゃありませんよ。お仲間がだいぶありますね」

やがて

「これから大井川あたりまでご一緒に連れ立って、奥さんを案内してあげたいんだが何しろ忘れて来た用事というのが壁の仕事でね、乾き工合もあるので、これから帰りましょう。まあ、御主人がついてらっしゃれば、たいがいの様子はご存じですから」

私たちは簡単な食事をしたのち、作楽井と西と東に訣《わか》れた。暗い隧道がどこかに在ったように思う。

私たちはそれから峠を下った。軒の幅の広い脊《せ》の低い家が並んでいる岡部の宿へ出た。茶どきと見え青い茶が乾してあったり、茶師の赤銅色《しゃくどういろ》の裸体が燻《くす》んだ色の町に目立っていた。私たちは藤枝の宿で、熊谷蓮生坊《くまがいれんしょうぼう》が念仏を抵当に入れたというその相手の長者の邸跡《やしきあと》が今は水田になっていて、早苗《さなえ》がやさしく風に吹かれているのを見に寄ったり、島田では作楽井の教えてくれた川越しの蓮台を蔵している家を尋ねて、それを写生したりして、大井川の堤に出た。見晴らす広漠とした河原に石と砂との無限の展望。初夏の明るい陽射しも消し尽せぬ人間の憂愁の数々に思われる。堤が一髪を横たえたように見える。ここで名代なのは朝顔眼あきの松で、二本になっている。私たちはその夜、島田から汽車で東京へ帰った。

結婚後も主人は度々東海道へ出向いた中に私も二度ほど連れて行って貰《もら》った。もうその時は私も形振《なりふり》は関《かま》わず、ただ燻《くす》んでひやりと冷たいあの街道の空気に浸りたい心が急《せ》いた。私も街道に取憑《とりつ》かれたのであろうか。そんなに寂れていながらあの街道には、蔭《かげ》に賑《にぎ》やかなものが潜んでいるようにも感じられた。

一度は藤川から出発し岡崎で藤吉郎の矢矧《やはぎ》の橋を見物し、池鯉鮒《ちりう》の町はずれに在る八つ橋の古趾《こし》を探《たず》ねようというのであった。大根の花も莢《さや》になっている時分であった。そこはやや湿地がかった平野で、田圃《たんぼ》と多少の高低のある沢地がだるく入り混っていた。畦《あぜ》川が流れていて、濁った水に一ひらの板橋がかかっていた。悲しいくらい周囲は眼を遮《さえぎ》るものもない。土地より高く河が流れているらしく、やや高い堤の上に点を打ったように枝葉を刈り込まれた松並木が見えるだけであった。「ここを写生しとき給え」と主人が言うので、私は矢立を取出したが、標本的の画ばかり描いている私にはこの自然も蒔絵《まきえ》の模様のようにしか写されないので途中で止《や》めてしまった。

三河と美濃の国境だという境橋を渡って、道はだんだん丘陵の間に入り、この辺が桶狭間《おけはざま》の古戦場だという田圃みちを通った。戦場にしては案外狭く感じた。

鳴海《なるみ》はもう名物の絞りを売っている店は一二軒しかない。並んでいる邸宅風の家々はむかし鳴海絞りを売って儲《もう》けた家だと俥夫《しゃふ》が言った。池鯉鮒よりで気の付いたことには、家の造りが破風《はふ》を前にして東京育ちの私には横を前にして建ててあるように見えた。主人は

「この辺から伊勢造りになるんです」

と言った。その日私たちは熱田から東京に帰った。

木枯しの身は竹斎に似たるかな

十一月も末だったので主人は東京を出がけに、こんな句を口誦《くちずさ》んだ。それは何ですと私が訊《き》くと

「東海道遍歴体小説の古いものの一つに竹斎物語というのがあるんだよ。竹斎というのは小説の主人公の藪《やぶ》医者の名さ。それを芭蕉《ばしょう》が使って吟じたのだな。確か芭蕉だと思った」

「では私たちは男竹斎に女竹斎ですか」

「まあ、そんなところだろう」

私たちの結婚も昂揚《こうよう》時代というものを見ないで、平々淡々の夫妻生活に入っていた。父はこのときもう死んでいた。

そのときの目的は鈴鹿《すずか》を越してみようということであった。亀山まで汽車で来て、それから例の通り俥《くるま》に乗った。枯桑の中に石垣の膚を聳《そび》え立たしている亀山の城。関のさびれた町に入って主人は作楽井が昨年話してくれた古老を尋ね、話を聞きながらそこに持ち合せている伊勢詣《まい》りの浅黄の脚絆《きゃはん》や道中差しなど私に写生させた。福蔵寺に小まんの墓。

関の小まんが米かす音は一里聞えて二里響く。

仇打《あだうち》の志があった美女の小まんはまた大力でもあったのでこういう唄が残っているといった。

関の地蔵尊に詣《もう》でて、私たちは峠にかかった。

満目粛殺《しゆくさつ》の気に充《み》ちて旅のうら寂しさが骨身に徹《とお》る。

「あれが野猿《やえん》の声だ」

主人はにこにこして私に耳を傾けさした。私はまたしてもこういうところへ来ると生々して来る主人を見てうらやましくなった。

「ありたけの魂をすっかり投げ出して、どうでもして下さいと言いたくなるような寂しさですね」

「この底に、ある力強いものがあるんだが、まあ君は女だからね」

小唄に残っている間《あい》の土山《つちやま》へひょっこり出る。屋根附《つき》の中風薬の金看板など見える小さな町だが、今までの寒山枯木に対して、血の通う人間に逢う歓《よろこ》びは覚える。

風が鳴っている三上山の麓《ふもと》を車行して、水無口《みなくち》から石部《いしべ》の宿を通る。なるほど此処《ここ》の酒店で、作楽井が言ったように杉の葉を玉に丸めてその下に旗を下げた看板を軒先に出している家がある。主人は仰いで「はあ、これが酒店のしるしだな」と言った。

琵琶湖《びわこ》の水が高い河になって流れる下を隧道《トンネル》に掘って通っている道を過ぎて私たちは草津のうばが餅屋《もちや》に駆け込んだ。硝子戸《ガラスど》の中は茶釜《ちやがま》をかけた竃《かまど》の火で暖かく、窓硝子の光線をうけて鉢の金魚は鱗《うろこ》を七彩に閃《ひら》めかしながら泳いでいる。外を覗《のぞ》いてみると比良も比叡《ひえい》も遠く雪雲を冠《かぶ》っている。

「この次は大津、次は京都で、作楽井に言わせると、もう東海道でも上りの憧憬の力が弱まっている宿々だ」

主人は餅を食べながら笑って言った。私は

「作楽井さんは、この頃でも何処《どこ》かを歩いてらっしゃるでしょうか、こういう寒空にも」

と言って、漂浪者の身の上を想《おも》ってみた。

それから二十年余り経《た》つ。私は主人と一緒に名古屋へ行った。主人はそこに出来た博物館の頼まれ仕事で。私はまた、そこの学校へ赴任している主人の弟子の若い教師の新家庭を見舞うために。

その後の私たちの経過を述べると極めて平凡なものであった。主人は大学を出ると美術工芸学校やその他二三の勤め先が出来た上、類の少ない学問筋なので何やかや世間から相談をかけられることも多く、忙しいまま、東海道行きは、間もなく中絶してしまった。ただときどき小夜《さよ》の中山を越して日坂《にっさか》の蕨餅《わらびもち》を食ってみたいとか、御油《ごゆ》、赤阪の間の松並木の街道を歩いてみたいとか、譫言《うわごと》のように言っていたが、その度もだんだん少なくなって、最近では東海道にいくらか縁のあるのは何か手の込んだ調べものがあると、蒲郡《がまごおり》の旅館へ一週間か十日行って、その間、必要品を整えるため急いで豊橋へ出てみるぐらいなものである。

私はまた、子供たちも出来てしまってからは、それどころの話でなく、標本の写生も、別に女子美術出の人を雇って貰って、私はすっかり主婦の役に髪を振り乱してしまった。ただ私が今も残念に思っていることは、絵は写すことばかりして、自分の思ったことが描けなかったことである。子供の中の一人で音楽好きの男の子があるのを幸いに、これを作曲家に仕立てて、優劣は別としてもとにかく、自分の胸から出るものを思うまま表現できる人間を一人作りたいと骨折っているのである。

さてそんなことで、主人も私も東海道のことはすっかり忘れ果て、二人ともめいめいの用向きに没頭して、名古屋での仕事もほぼ片付いた晩に私たちはホテルの部屋で番茶を取り寄せながら雑談していた。するとふと主人は、こんなことを言い出した。

「どうだ、二人で旅へ出ることも滅多にない。一日帰りを延して久し振りにどっか近くの東海道でも歩いてみようじゃないか」

私は、はじめ何をこの忙しい中に主人が言うのかと問題にしないつもりでいたが、考えてみると、もうこの先、いつの日に、いつまた来られる旅かと思うと、主人の言葉に動かされて来た。

「そうですね。じゃ、まあ、ほんとに久し振りに行ってみましょうか」

と答えた。そう言いかけていると私は初恋の話をするように身の内の熱くなるのを感じて来た。初恋もない身で、初恋の場所でもないところの想い出に向って、それは妙であった。私たちは翌朝汽車で桑名へ向うことにした。

朝、ホテルを出発しようとすると、主人に訪問客があった。小松という名刺を見て主人は心当りがないらしく、ボーイにもう一度身元を聞かせた。するとボーイは「何でもむかし東海道でよくお目にかかった作楽井の息子と言えばお判《わか》りでしょうと仰《お》っしゃいますが」

主人は部屋へ通すように命じて私に言った。

「おい、むかしあの宇津で君も会ったろう。あの作楽井の息子だそうだ。苗字《みょうじ》は違っているがね」

入って来たのは洋服の服装をきちんとした壮年の紳士であった。私は殆《ほとん》ど忘れて思い出せなかったが、あの作楽井氏の人懐《なつ》っこい眼元がこの紳士にもあるような気がした。紳士は丁寧に礼をして、自分がこの土地の鉄道関係の会社に勤めて技師をしているということから、昨晩、倶楽部《クラブ》へ行ってふと、亡父が死前に始終その名を口にしていたその人が先頃からこの地へ来てNホテルに泊っていることを聴いたので、早速訪《たず》ねて来た顚末《てんまつ》を簡潔に述べた。小松というのは母方の実家の姓だと言った。彼は次男なので、その方に子が無いまま実家の後を嗣《つ》いだのであった。

「すると作楽井さんは、もうお歿《な》くなりになりましたか。それはそれは。だが、年齢から言ってもだいぶにおなりだったでしょうからな」

「はあ、生きておれば七十を越えますが、一昨年歿《な》くなりました。七八年前まで元気でおりまして、相変らず東海道を往来しておりましたが、神経痛が出ましたのでさすがの父も、我を折って私の家へ落着きました」

小松技師の家は熱田に近い処《ところ》に在った。そこからは腰の痛みの軽い日は、杖《つえ》に縋《すが》りながらでも、笠寺観音から、あの附近に断続して残っている低い家並に松株が挟《はさ》まっている旧街道の面影を尋ねて歩いた。これが作楽井をして小田原から横浜市へ移住した長男の家にかかるよりも熱田住みの次男の家へかからしめた理由なのであった。

「私もときどき父に附添って歩くうちに、どうやら東海道の面白味を覚えました。この頃は休暇毎《ごと》には必ず道筋のどこかへ出かけるようにしております」

小松技師は作楽井氏に就ていろいろのことを話した。作楽井氏も晩年には東海道ではちょっと名の売れた画家になって表具や建具仕事はしなくなったことや、私の主人に、まだその後街道筋で見付けた参考になりそうな事物を教えようとて作楽井氏が帳面につけたものがあるから、それをいずれは東京の方へ送り届けようということや、作楽井氏の腰の神経痛がひどくなって床についてから同じ街道の漂泊人仲間を追憶したが、遂《つい》に終りをよくしたものが無い中にも、私の主人だけは狡《ずる》くて、途中に街道から足を抜いたため、珍らしく出世したと述懐していたことやを述べて主人を散々に苦笑させた。話はつい永くなって十時頃になってしまった。

小松技師は帰りしなに、少し改って

「実はお願いがあって参りましたのですが」

と言って、暫《しばら》く黙っていたが、主人が気さくな顔をして応《う》けているのを見て安心して言った。

「私もいささかこの東海道を研究してみましたのですが、御承知の通り、こんなに自然の変化も都会や宿村の生活も、名所や旧蹟《きゅうせき》も、うまく配合されている道筋はあまり他にはないと思うのです。で、もしこれに手を加えて遺《のこ》すべきものは遺し、新しく加うべき利便はこれを加えたなら、将来、見事な日本の一大観光道筋になろうと思います。この仕事はどうも私には荷が勝った仕事ですが、いずれ勤先とも話がつきましたら専心この計画にかかって私の生涯の事業にしたいと思いますので」

その節は、亡父の誼《よし》みもあり、東海道愛好者としてもくれぐれも一臂《ぴ》の力を添えるように主人に今から頼んで置くというのであった。

主人が「及ばずながら」と引受けると、人懐っこい眼を輝かしながら頻《しき》りに感謝の言葉を述べるのであった。そして、これから私たちの行先が桑名見物というのを聞取って

「あすこなら、私よく存じている者もおりますから、御便宜になるよう直ぐ電話で申送って置きましょう」

と言って帰って行った。

小松技師が帰ったあと、しばらく腕組をして考えていた主人は、私に言った。

「憧憬という中身は変らないが、親と子とはその求め方の方法が違って来るね。やっぱり時代だね」

主人のこの言葉によって私は、二十何年か前、作楽井氏が常に希望を持つ為めに、憧憬を新らしくする為めに東海道を大津まで上っては、また、発足点へ戻ってこれを繰返すという話を思い出した。私は

「やっぱり血筋ですかね。それとも人間はそんなものでしょうか」

と、言った。

汽車の窓から伊勢路の山々が見え出した。冬近い野は農家の軒のまわりにも、田の畦《あぜ》にも大根が一ぱい干されている。空は玻璃《はり》のように澄み切って陽は照っている。私は身体を車体に揺られながら自分のような平凡に過した半生の中にも二十年となれば何かその中に、大まかに脈をうつものが気付かれるような気のするのを感じていた。それはたいして縁もない他人の脈ともどこかで触れ合いながら。私は作楽井とその息子の時代と、私の父と私たちと私たちの息子の時代のことを考えながら急ぐ心もなく桑名に向っていた。主人は快げに居眠りをしている。少し見えだしたつむじの白髪が弾《は》ねて光る。

家霊

山の手の高台で電車の交叉点《こうさてん》になっている十字路がある。十字路の間からまた一筋細く岐《わか》れ出て下町への谷に向く坂道がある。坂道の途中に八幡宮の境内と向い合って名物のどじょう店がある。拭《ふ》き磨いた千本格子《ごうし》の真中に入口を開けて古い暖簾《のれん》が懸けてある。暖簾にはお家流の文字で白く「いのち」と染め出してある。

どじょう、鯰《なまず》、鼈《すっぽん》、河豚《ふぐ》、夏はさらし鯨——この種の食品は身体の精分になるということから、昔この店の創始者が素晴らしい思い付きの積りで店名を「いのち」とつけた。その当時はそれも目新らしかったのだろうが、中程の数十年間は極めて凡庸な文字になって誰も興味をひくものはない。ただそれ等の食品に就てこの店は独特な料理方をするのと、値段が廉《やす》いのとで客はいつも絶えなかった。

今から四五年まえである。「いのち」という文字には何か不安に対する魅力や虚無から出立する冒険や、黎明《れいめい》に対しての執拗《しつよう》な追求性——こういったものと結び付けて考える浪曼《ろまん》的な時代があった。そこでこの店の洗い晒《さら》された暖簾の文字も何十年来の煤《すす》を払って、界隈《かいわい》の現代青年に何か即興的にもしろ、一つのショックを与えるようになった。彼等は店の前へ来ると、暖簾の文字を眺めて青年風の沈鬱《ちんうつ》さで言う。

「疲れた。一ついのちでも喰うかな」

すると連れはやや捌《さば》けた風で
「逆に喰われるなよ」

互に肩を叩《たた》いたりして中へ犇《ひし》めき入った。

客席は広い一つの座敷である。冷たい籐《とう》の畳の上へ細長い板を桝形《ますがた》に敷渡し、これが食台になっている。

客は上へあがって坐ったり、土間の椅子《いす》に腰かけたりしたまま、食台で酒食している。客の向っている食品は鍋《なべ》るいや椀《わん》が多い。

湯気や煙で煤けたまわりを雇人の手が届く背丈けだけ雑巾《ぞうきん》をかけると見え、板壁の下から半分ほど銅のように赭《あか》く光っている。それから上、天井へかけてはただ黒く竈《かまど》の中のようである。この室内に向けて昼も剝《む》き出しのシャンデリアが煌々《こうこう》と照らしている。その漂白性の光はこの座敷を洞窟《どうくつ》のように見せるばかりでなく、光は客が箸《はし》で口からしごく肴《さかな》の骨に当ると、それを白の枝珊瑚《さんご》に見せたり、堆《うずたか》い皿の葱《ねぎ》の白味に当ると玉質のものに燦《きらめ》かしたりする。そのことがまた却《かえ》って満座を餓鬼の饗宴《きようえんじ》染みて見せる。一つは客たちの食品に対する食べ方が亀屈《かじか》んで、何か秘密な食品に嚙《か》みつくといった様子があるせいかも知れない。

板壁の一方には中くらいの窓があって棚が出ている。客の誂《あつら》えた食品は料理場からここへ差出されるのを給仕の小女は客へ運ぶ。客からとった勘定もここへ載せる。それ等を見張ったり受取るために窓の内側に斜めに帳場格子を控えて、永らく女番人の母親の白い顔が見えた。今は娘のくめ子の小麦色の顔が見える。くめ子は小女の給仕振りや客席の様子を監督するために、ときどき窓から覗《のぞ》く。すると学生たちは奇妙な声を立てる。くめ子は苦笑して小女に

「うるさいから薬味でも沢山持ってって宛《あ》てがっておやりよ」と命ずる。

葱を刻んだのを、薬味箱に誇大に盛ったのを可笑《おか》しさを堪《こら》えた顔の小女が学生たちの席へ運ぶと、学生たちは娘への影響があった証拠を、この揮発性の野菜の堆《うずたか》さに見て、勝利を感ずる歓呼を挙げる。

くめ子は七八カ月ほど前からこの店に帰り病気の母親に代ってこの帳場格子に坐りはじめた。くめ子は女学校へ通っているうちから、この洞窟のような家は嫌《いや》で嫌で仕方がなかった。人世の老耄者《ろうもう》、精力の消費者の食餌療法《しょくじりょうほう》をするような家の職業には堪えられなかった。

何で人はああも衰えというものを極度に惧《おそ》れるのだろうか。衰えたら衰えたままで

いいではないか。人を押付けがましいにおいを立て、脂《あぶら》がぎろぎろ光って浮く精力なんというものほど下品なものはない。くめ子は初夏の椎《しい》の若葉の匂《にお》いを嗅《か》いでも頭が痛くなるような娘であった。椎の若葉よりも葉越しの空の夕月を愛した。そういうことは彼女自身却って若さに飽満していたためかも知れない。

店の代々の慣《なら》わしは、男は買出しや料理場を受持ち、嫁か娘が帳場を守ることになっている。そして自分は一人娘である以上、いずれは平凡な婿《むこ》を取って、一生この餓鬼窟の女番人にならなければなるまい。それを忠実に勤めて来た母親の、家職のためにあの無性格にまで晒《さら》されてしまった便りない様子、能の小面《こおもて》のように白さと鼠《ねずみ》色の陰影だけの顔。やがて自分もそうなるのかと思うと、くめ子は身《み》慄《ぶる》いが出た。

くめ子は、女学校を出たのを機会に、家出同様にして、職業婦人の道を辿《たど》った。彼女はその三年間、何をしたか、どういう生活をしたか一切語らなかった。自宅へは寄《き》寓《ぐう》のアパートから葉書ぐらいで文通していた。くめ子が自分で想《おも》い浮べるのは、三年の間、蝶々のように華やかな職場の上を閃《ひら》めいて飛んだり、男の友だちと蟻《あり》の挨拶《あいさつ》のように触角を触れ合わしたりした、ただそれだけだった。それは夢のようでもあり、いつまで経《た》っても同じ繰返しばかりで飽き飽きしても感じられた。

母親が病気で永い床に就き、親類に喚《よ》び戻されて家に帰って来た彼女は、誰の目に

もただ育っただけで別に変ったところは見えなかった。母親が
「今まで、何をしておいでだった」
と訊《き》くと、彼女は
「えへへん」と苦も無げに笑った。
その返事振りにはもうその先、挑《いど》みかかれない微風のような調子があった。また、それを押して訊き進むような母親でもなかった。
「おまえさん、あしたから、お帳場を頼みますよ」
と言われて、彼女はまた
「えへへん」と笑った。もっとも昔から、肉親同士で心情を打ち明けたり、真面目《まじめ》な相談は何となく双方がテレてしまうような家の中の空気があった。
くめ子は、多少諦《あきら》めのようなものが出来て、今度はあまり嫌がらないで帳場を勤め出した。

押し迫った暮近い日である。風が坂道の砂を吹き払って凍《い》て乾いた土へ下駄の歯が無慈悲に突き当てる。その音が髪の毛の根元に一本ずつ響くといったような寒い晩になった。坂の上の交叉点からの電車の軋《きし》る音が前の八幡宮の境内の木立のざわめく音

と、風の工合で混りながら耳元へ摑《つか》んで投げつけられるようにも、また、遠くで盲人が呟《つぶや》いているようにも聞えたりした。もし坂道へ出て眺めたら、たぶん下町の灯は冬の海のいさり火のように明滅しているだろうとくめ子は思った。

客一人帰ったあとの座敷の中は、シャンデリアを包んで煮詰った物の匂いと煙草《たばこ》の煙りとが濛々《もうもう》としている。小女と出前持の男は、鍋火鉢《なべひばち》の残り火を石の炉《ろ》に集めて、焙《あた》っている。くめ子は何となく心に浸《し》み込むものがあるような晩なのを嫌に思い、努めて気が軽くなるようにファッション雑誌や映画会社の宣伝雑誌の頁《ページ》を繰っていた。店を看板にする十時までにはまだ一時間以上もある。もうたいして客も来まい。店を締めてしまおうかと思っているところへ、年少の出前持が寒そうに帰って来た。

「お嬢さん、裏の路地を通ると徳永が、また註文《ちゆうもん》しましたぜ、御飯つきでどじょう汁一人前。どうしましょう」

退屈して事あれかしと待構えていた小女は顔を上げた。

「そうとう、図々しいわね。百円以上もカケを拵《こしら》えてさ。一文も払わずに、また――」

そして、これに対してお帳場はどういう態度を取るかと窓の中を覗いた。

「困っちまうねえ。でもおっかさんの時分から、言いなりに貸してやることにしているんだから、今日もまあ、持ってっておやりよ」

するど炉に焙っていた年長の出前持が今夜に限って頭を擡《あ》げて言った。

「そりゃいけませんよお嬢さん。暮れですからこの辺で一度かたをつけなくちゃ。また来年も、ずるずるべったりですぞ」

この年長の出前持は店の者の指導者格で、その意見は相当採上げてやらねばならなかった。で、くめ子も「じゃ、ま、そうしよう」ということになった。

茹《ゆ》で出しうどんで狐《きつね》南蛮を拵《こしら》えたものが料理場から丼《どんぶり》に盛られて、お夜食に店方の者に割り振られた。くめ子もその一つを受取って、熱い湯気を吹いている。このお夜食を食べ終る頃、火の番が廻って来て、拍子木が表の薄硝子《ガラス》の障子に響けば看板、時間まえでも表戸を卸すことになっている。

そこへ、草履《ぞうり》の音がぴたぴたと近づいて来て、表障子がしずかに開いた。

徳永老人の髯《ひげ》の顔が覗く。

「今晩は、どうも寒いな」

店の者たちは知らん振りをする。老人はちょっとみんなの気配いを窺《うかが》ったが、心配そうな、狡《ずる》そうな小声で
「あの――註文の――御飯つきのどじょう汁はまだで――」

と首を屈《かが》めて訊いた。

註文を引受けてきた出前持は、多少間の悪い面持で
「お気の毒さまですが、もう看板だったので」

と言いかけるのを、年長の出前持はぐっと睨《にら》めて顎《あご》で指図をする。

「正直なとこを言ってやれよ」

そこで年少の出前持は何分にも、一回、僅《わず》かずつの金高が、積り積って百円以上にもなったからは、この際、若干でも入金して貰《もら》わないと店でも年末の決算に困ると説明した。

「それに、お帳場も先と違って今はお嬢さんが取締っているんですから」

すると老人は両手を神経質に擦《こす》り合せて
「はあ、そういうことになりましてすかな」

と小首を傾けていたが
「とにかく、ひどく寒い。一つ入れて頂きましょうかな」

と言って、表障子をがたがたいわして入って来た。

小女は座布団も出してはやらないので、冷い籐畳の広いまん中にたった一人坐った老人は寂しげに、そして審《さば》きを待つ罪人のように見えた。着膨《きぶく》れてはいるが、大きな

体格はあまり丈夫ではないらしく、左の手を癖にして内懐《うちぶところ》へ入れ、肋骨《ろっこつ》の辺を押えている。純白になりかけの髪を総髪に撫《な》でつけ、立派な目鼻立ちの、それがあまりに整い過ぎているので薄倖《はっこう》を想わせる顔付きの老人である。その儒者《じゅしゃ》風な顔に引較《ひきくら》べて、よれよれの角帯に前垂れを掛け、坐った着物の裾《すそ》から浅黄色の股引《ももひき》を覗かしている。コールテンの黒足袋を穿《は》いているのまで釣合わない。

老人は娘のいる窓や店の者に向って、始めのうちは頻《しき》りに世間の不況、自分の職業の彫金の需要されないことなどを鹿爪《しかつめ》らしく述べ、従って勘定も払えなかった言訳を吃々《きつきつ》と述べる。だが、その言訳を強調するために自分の仕事の性質の奇稀性《ききせい》に就て話を向けて来ると、老人は急に傲然《ごうぜん》として熱を帯びて来る。

作者はこの老人がこの夜に限らず時々得意とも慨嘆ともつかない気分の表象としてする仕方話のポーズを茲《ここ》に紹介する。

「わしのやる彫金は、ほかの彫金と違って、片切彫というのでな。一たい彫金というものは、金《かね》で金《かね》を截《き》る術で、なまやさしい芸ではないな。精神の要《い》るもので、毎日どいじょうでも食わにゃ全く続くことではない」

老人もよく老名工などに有り勝ちな、語る目的より語るそのことにわれを忘れて、どんな場合にでもエゴイスチックに一席の独演をする癖がある。老人が尚《なお》も自分のやる片切彫というものを説明するところを聞くと、元禄《げんろく》の名工、横谷宗珉、中興の芸であって、剣道で言えば一本勝負であることを得意になって言い出した。

老人は、左の手に鏨《たがね》を持ち右の手に槌《つち》を持つ形をした。体を定めて、鼻から深く息を吸い、下腹へ力を籠《こ》めた。それは単に仕方を示す真似事には過ぎないが、さすがにぴたりと形は決まった。柔軟性はあるが押せども引けども壊れない自然の原則のようなものが形から感ぜられる。出前持も小女も老人の気配いから引緊《ひきし》められるものがあって、炉から身辺を引起した。

老人は厳《おごそ》かなその形を一度くずして、へへへんと笑った。

「普通の彫金なら、こんなにしても、また、こんなにしても、そりゃ小手先でも彫れるがな」

今度は、この老人は落語家でもあるように、ほんの二つの手首の捻《ひね》り方と背の屈め方で、鏨と槌を操る恰好《かっこう》のいぎたなさと浅ましさを誇張して相手に受取らせることに巧みであった。出前持も小女もくすくすと笑った。

「しかし、片切彫になりますと――」

老人は、再び前の堂々たる姿勢に戻った。瞑目《めいもく》した眼を徐《おもむ》ろに開くと、青蓮華《しょうれんげ》のような切れの鋭い眼から濃い瞳《ひとみ》はしずかに、斜に注がれた。左の手をぴたりと一ところにとどめ、右の腕を肩の附根《つけね》から一ぱいに伸して、伸びた腕をそのまま、肩の附根だけで動かして、右の上空より大きな弧を描いて、その槌の拳《こぶし》は、鏨の手の拳に打ち卸される。窓から覗《のぞ》いているくめ子は、嘗《かつ》て学校で見た石膏《せっこう》模造の希臘《ギリシャ》彫刻の円盤投げの青年像が、その円盤をさし挟《はさ》んだ右腕を人間の肉体機構の最極限の度にまでさし伸ばした、その若く引緊った美しい腕をちらりと思い泛《うか》べた。老人の打ち卸す発矢《はっし》とした勢いには、破壊の憎《にく》しみと創造の歓《よろこ》びとが一つになって絶叫しているようである。その速力には悪魔のものか善神のものか見判《みわ》け難い人間離れのした性質がある。見るものに無限を感じさせる天体の軌道のような弧線を描いて上下する老人の槌の手は、しかしながら、鏨の手にまで届こうとする一刹那《せつな》に、定まった距離でぴたりと止まる。そこに何か歯止機が在るようでもある。芸の躾《しつ》けというものであろうか。老人はこれを五六遍繰返してから、体をほぐした。

「みなさん、お判りになりましたか」

と言う。「ですから、どじょうでも食わにゃ遣《や》りきれんのですよ」

実はこの一くさりの老人の仕方は毎度のことである。これが始まると店の中であることも、東京の山の手であることもしばらく忘れて店の者は、快い危機と常規のある奔放の感触に心を奪われる。あらためて老人の顔を見る。だが老人の真摯《しんし》な話が結局どじょうのことに落ちて来るのでどっと笑う。気まり悪くなったのを押し包んで老人は「また、この鏨《たがね》の刃尖《はさき》の使い方には陰と陽とあってな――」と工人らしい自負の態度を取戻す。牡丹《ぼたん》は牡丹の妖艶《ようえん》ないのち、唐獅子《からじし》の豪宕《ごうとう》ないのちをこの二つの刃触《はざわ》りの使い方で刻み出す技術の話にかかった。そして、この芸によって生きたものを硬い板金の上へ産み出して来る過程の如何《いか》に味のあるものか、老人は身振りを増して、滴《したた》るものの甘さを啜《すす》るとろりとした眼付きをして語った。それは工人自身だけの娯《たの》しみに淫《いん》したものであって、店の者はうんざりした。だがそういうことのあとで店の者はこの辺が切り上がらせどきと思って

「じゃまあ、今夜だけ届けます。帰って待っといでなさい」

と言って老人を送り出してから表戸を卸す。

ある夜も、風の吹く晩であった。夜番の拍子木が過ぎ、店の者は表戸を卸して湯に出かけた。そのあとを見済ましでもしたかのように、老人は、そっと潜《くぐ》り戸を開けて入って来た。

老人は娘のいる窓に向って坐った。広い座敷で窓一つに向った老人の上にもしばらく、手持無沙汰《ぶさた》な深夜の時が流れる。老人は今夜は決意に充《み》ちた、しおしおとした表情になった。

「若いうちから、このどじょうというものはわしの虫が好くのだった。この身体のしんを使う仕事には始終、補いのつく食いものを摂《と》らねば業が続かん。そのほかにも、うらぶれて、この裏長屋に住み付いてから二十年あまり、鰥夫暮《やもめぐら》しのどんな侘《わび》しいときでも、苦しいときでも、柳の葉に尾鰭《おひれ》の生えたようなあの小魚は、妙にわしに食いもの以上の馴染《なじみ》になってしまった」

老人は掻《か》き口説くようにいろいろのことを前後なく喋《しゃべ》り出した。

人に嫉《ねた》まれ、蔑《さげす》まれて、心が魔王のように猛《たけ》り立つときでも、あの小魚を口に含んで、前歯でぽきりぽきりと、頭から骨ごとに少しずつ嚙《か》み潰《つぶ》して行くと、恨みはそこへ移って、どこともなくやさしい涙が湧《わ》いて来ることも言った。

「食われる小魚も可哀《かわい》そうになれば、食うわしも可哀そうだ。誰も彼もいじらしい。ただ、それだけだ。女房はたいして欲しくない。だが、いたいけなものは欲しい。いたいけなものが欲しいときもあの小魚の姿を見ると、どうやら切ない心も止まる」

老人は遂《つい》に懐《ふところ》からタオルのハンケチを取出して鼻を啜った。「娘のあなたを前にしてこんなことを言うのは宛《あ》てつけがましくはあるが」と前置きして「こちらのおかみさんは物の判った方でした。以前にもわしが勘定の滞りに気を詰らせ、おずおず夜、遅く、このようにして度び度び言い訳に来ました。すると、おかみさんは、ちょうどあなたのいられるその帳場に大儀そうに頬杖《ほおづえ》ついていられたが、少し窓の方へ顔を覗かせて言われました。徳永さん、どじょうが欲しかったら、いくらでもあげますよ。決して心配なさるな。その代り、おまえさんが、一心うち込んでこれぞと思った品が出来たら勘定の代りなり、またわたしから代金を取るなりしてわたしにおくれ。それでいいのだよ。ほんとにそれでいいのだよと、繰返して言って下さった」老人はまた鼻を啜った。

「おかみさんはそのときまだ若かった。早く婿《むこ》取りされて、ちょうど、あなたぐらいな年頃だった。気の毒に、その婿は放蕩者《ほうとうもの》で家を外に四谷、赤坂と浮名を流して廻った。おかみさんは、それをじっと堪《こら》え、その帳場から一足も動きなさらんかった。たまには、人に縋《すが》りつきたい切ない限りの様子も窓越しに見えました。そりゃそうでしょう。人間は生身ですから、そうむざむざ冷たい石になることも難かしい」

徳永もその時分は若かった。若いおかみさんが、生埋めになって行くのを見兼ねた。正直のところ、窓の外へ強引に連れ出そうかと思ったことも一度ならずあった。それと反対に、こんな半木乃伊《ミイラ》のような女に引っかかって、自分の身をどうするのだ。そう思って逃げ出しかけたことも度々あった。だが、おかみさんの顔をつくづく見るとどちらの力も失《う》せた。おかみさんの顔は言っていた――自分がもし過《あやま》ちでも仕出かしたら、報いても報いても取返しのつかない悔いがこの家から永遠に課されるだろう、もしまた、世の中に誰一人、自分に慰め手が無くなったら自分はすぐ灰のように崩れるであろう——

「せめて、いのちの息吹《いぶ》きを、回春の力を、わしはわしの芸によって、この窓から、だんだん化石して行くおかみさんに差入れたいと思った。わしはわしの身のしんを揺り動かして鏨と槌を打ち込んだ。それには片切彫にしくものはない」

おかみさんを慰めたさもあって骨折るうちに知らず知らず徳永は明治の名匠加納夏雄以来の技倆《ぎりょう》を鍛えたと言った。

だが、いのちが刻み出たほどの作は、そう数多く出来るものではない。徳永は百に一つをおかみさんに献じて、これに次ぐ七八を売って生活の資にした。あとの残りは気に入らないといって彫りかけの材料をみな鋳《い》直《なお》した。「おかみさんは、わしが差上げた簪《かんざし》を頭に挿《さ》したり、抜いて眺めたりされた。そのときは生々しく見えた」だが徳永は永遠に隠れた名工である。それは仕方がないとしても、歳月は酷《むご》いものである。

「はじめは高島田にも挿せるような大平打の銀簪にやなぎ桜と彫ったものが、丸髷《まるまげ》用の玉かんざしのまわりに夏菊、ほととぎすを彫るようになり、細づくりの耳搔《みみか》きかんざしに糸萩《いとはぎ》、女郎花《おみなえし》を毛彫りで彫るようになっては、もうたいして彫るせきもなく、一番しまいに彫って差上げたのは二三年まえの古風な一本足のかんざしの頸《くび》に友呼ぶ千鳥一羽のものだった。もう全く彫るせきは無い」

こう言って徳永は全くくたりとなった。「実を申すと、勘定をお払いする目当てはわしにはもうありませんのです。身体も弱りました。仕事の張気も失せました。永いこともないおかみさんは簪はもう要らんでしょうし。ただただ永年夜食として食べ慣れたどじょう汁と飯一椀《わん》、わしはこれを摂《と》らんと冬のひと夜を凌《しの》ぎ兼ねます。朝までに身体が凍え痺《しび》れる。わしら彫金師は、一たがね一期《ご》です。明日のことは考えんです。あなたが、おかみさんの娘ですなら、今夜も、あの細い小魚を五六ぴき恵んで頂きたい。死ぬにしてもこんな霜枯れた夜は嫌です。今夜、一夜は、あの小魚のいのちをぽちりぽちりわしの骨の髄に嚙《か》み込んで生き伸びたい――」

徳永が嘆願する様子は、アラブ族が落日に対して拝するように心もち顔を天井に向け、狛犬《こまいぬ》のように蹲《うずくま》り、哀訴の声を呪文《じゅもん》のように唱えた。

くめ子は、われとしもなく帳場を立上った。妙なものに酔わされた気持ちでふらりふらり料理場に向った。料理人は引上げて誰もいなかった。生洲《いけす》に落ちる水の滴りだけが聴える。

くめ子は、一つだけ捻《ひね》ってある電燈の下を見廻すと、大鉢に蓋《ふた》がしてある。蓋を取ると明日の仕込みにどじょうは生酒に漬《つ》けてある。まだ、よろりよろり液体の表面へ頭を突き上げているのもある。日頃は見るも嫌だと思ったこの小魚が今は親しみ易《やす》いものに見える。くめ子は、小麦色の腕を捲《ま》くって、一ぴき二ひきと、柄鍋《えなべ》の中へ移す。握った指の中で小魚はたまさか蠢《うご》めく。すると、その顫動《せんどう》が電波のように心に伝わって刹那に不思議な意味が仄《ほの》かに囁《ささや》かれる――いのちの呼応。

くめ子は柄鍋に出汁《だし》と味噌汁とを注いで、ささがき牛蒡《ごぼう》を抓《つま》み入れる。瓦斯《ガス》こんろで搔き立てた。くめ子は小魚が白い腹を浮かして熱く出来上った汁を朱塗の大椀に盛った。山椒《さんしょう》一つまみ蓋の把手《とって》に乗せて、飯櫃《めしびつ》と一緒に窓から差し出した。

「御飯はいくらか冷たいかも知れないわよ」

老人は見栄も外聞もない悦《よろこ》び方で、コールテンの足袋の裏を弾《は》ね上げて受取り、仕出しの岡持《おかもち》を借りて大事に中へ入れると、潜り戸を開けて盗人のように姿を消した。

不治の癌《がん》だと宣告されてから却《かえ》って長い病床の母親は急に機嫌よくなった。やっと自儘《じまま》に出来る身体になれたと言った。早春の日向《ひなた》に床をしかせて起上り、食べたいと思うものをあれやこれや食べながら、くめ子に向って生涯に珍らしく親身な調子で言った。

「妙だね、この家は、おかみさんになるものは代々亭主に放蕩されるんだがね。あたしのお母さんも、それからお祖母さんもさ。恥かきっちゃないよ。だが、そこをじっと辛抱してお帳場に噛《かじ》りついていると、どうにか暖簾《のれん》もかけ続けて行けるし、それとまた妙なもので、誰か、いのちを籠《こ》めて慰めてくれるものが出来るんだね。お母さんにもそれがあったし、お祖母さんにもそれがあった。だから、おまえにも言っとくよ。おまえにももしそんなことがあっても決して落胆おしでないよ。今から言っとくが——」

母親は、死ぬ間際《まぎわ》に顔が汚ないと言って、お白粉《しろい》などで薄く刷《は》き、戸棚の中から琴柱《じ》の箱を持って来させて

「これだけがほんとに私が貰《もら》ったものだよ」

そして箱を頬に宛てがい、さも懐《なつ》かしそうに二つ三つ揺《ゆす》る。中で徳永の命をこめて彫ったという沢山の金銀簪の音がする。その音を聞いて母親は「ほ　ほ　ほ」と含み笑いの声を立てた。それは無垢《むく》に近い娘の声であった。

宿命に忍従しようとする不安で逞《たくま》しい勇気と、救いを信ずる寂しく敬虔《けいけん》な気持ちとが、その後のくめ子の胸の中を朝夕に縺《もつ》れ合う。それがあまりに息詰まるほど嵩《かさ》まる

と彼女はその嵩を心から離して感情の技巧の手先で犬のように綾《あや》なしながら、うつらうつら若さをおもう。ときどきは誘われるまま、常連の学生たちと、日の丸行進曲を口笛で吹きつれて坂道の上まで歩き出てみる。谷を越した都の空には霞《かすみ》が低くかかっている。

くめ子はそこで学生がくれるドロップを含みながら、もし、この青年たちの中で自分に関《かかわ》りのあるものが出るようだったら、誰が自分を悩ます放蕩者の良人《おっと》になり、誰が懸命の救い手になるかなどと、ありのすさびの推量ごとをしてやや興を覚える。だが、しばらくすると

「店が忙しいから」

と言って袖で胸を抱いて一人で店へ帰る。窓の中に坐る。

徳永老人はだんだん瘠《や》せ枯れながら、毎晩必死とどじょう汁をせがみに来る。

越年

年末のボーナスを受取って加奈江が社から帰ろうとしたときであった。気分の弾《はず》んだ男の社員達がいつもより騒々しくビルディングの四階にある社から駆け降りて行った後、加奈江は同僚の女事務員二人と服を着かえて廊下に出た。すると廊下に男の社員が一人だけ残ってぶらぶらしているのがこの際妙に不審に思えた。しかも加奈江が二、三歩階段に近づいたとき、その社員は加奈江の前に駆けて来て、いきなり彼女の左の頰に平手打ちを食わした。

あっ！　加奈江は仰反《のけぞ》ったまま右へよろめいた。同僚の明子も磯子も余り咄嗟《とっさ》の出来事に眼をむいて、その光景をまざまざ見詰めているに過ぎなかった。瞬間、男は外套《がいとう》の裾《すそ》を女達の前に飜《ひるがえ》して階段を駆け降りて行った。

「堂島さん、一寸《ちょっと》待ちなさい」

明子はその男の名を思い出して上から叫んだ。男の女に対する乱暴にも程があるという憤《いきどお》りと、こんな事件を何とかしなければならないというあせった気持ちから、明子と磯子はちらっと加奈江の方の様子を不安そうに窺《うかが》って加奈江が倒れもせずに打たれた頰をおさえて固くなっているのを見届けてから、急いで堂島の後を追って階段を駆け降りた。

しかし堂島は既に遥《はる》か下の一階の手すりのところを滑るように降りて行くのを見ては彼女らは追つけそうもないので「無茶だ、無茶だ」と興奮して罵《のの》しりながら、加奈江のところへ戻って来た。

「行ってしまったんですか。いいわ、明日来たら課長さんに立会って貰《もら》って、……それこそ許しはしないから」

加奈江は心もち赤く腫《は》れ上った左の頰を涙で光らしながら恨めしそうに唇をぴくぴく痙攣《けいれん》させて呟《つぶや》いた。

「それがいい、あんた何も堂島さんにこんな目にあうわけないでしょう」

磯子が、そう訊《き》いたとき、磯子自身ですら悪いことを訊いたものだと思うほど加奈江も明子も不快なお互いを探《さぐ》り合うような顔付きで眼を光らした。間もなく加奈江は磯子を睨《にら》んで

「無論ありませんわ。ただ先週、課長さんが男の社員とあまり要《い》らぬ口を利《き》くなっておっしゃったでしょう。だからあの人の言葉に返事しなかっただけよ」と言った。

「あら、そう。なら、うんとやっつけてやりなさいよ。私も応援に立つわ」

磯子は自分のまずい言い方を今後の態度で補うとでもいうように力んでみせた。

「課長がいま社に残っているといいんだがなあ、昼過ぎに帰っちまったわねえ」

明子は現在加奈江の腫《は》れた左の頬を一目、課長に見せて置きたかった。

「じゃ、明日のことにして、今日は帰りましょう。私少し廻《まわ》り道だけれど加奈江さんの方の電車で一緒に行きますわ」

明子がそういってくれるので、加奈江は青山に家のある明子に麻布の方へ廻って貰った。しかし撲《なぐ》られた左半面は一時痺《しび》れたようになっていたが、電車に乗ると偏頭痛にかわり、その方の眼から頻《しき》りに涙がこぼれるので加奈江は顔も上げられず、明子とも口が利《き》けなかった。

翌朝、加奈江が朝飯を食べていると明子が立寄ってくれた。加奈江の顔を一寸調べてから
「まあよかったわね、傷にもならなくて」と慰めた。だが、加奈江には不満だった。

「でもね、昨夜は口惜《くや》しいのと頭痛でよく眠られなかったのよ」

二人は電車に乗った。加奈江は今日、課長室で堂島を向うに廻して言い争う自分を想像すると、いつしか身体が顫《ふる》えそうになるのでそれをまぎらすために窓外に顔を向

けてばかりいた。

　磯子も社で加奈江の来るのを待ち受けていた。彼女は自分達の職場である整理室から男の社員達のいる大事務所の方へ堂島の出勤を度々見に行ってくれた。

「もう十時にもなるのに堂島は現われないのよ」

　磯子は焦《じ》れったそうに口を尖《とが》らして加奈江に言った。明子は、それを聞くと
「いま課長、来ているから、ともかく、話して置いたらどう。何処《どこ》かへ出かけちまったら困るからね」

と注意した。加奈江は出来るだけ気を落ちつけて二人の報告や注意を参考にして進退を考えていたが、思い切って課長室へ入って行った。そこで意外なことを課長から聞かされた。それは堂島が昨夜のうちに速達で退社届を送って寄こしたということであった。卓上にまだあるその届書も見せてくれた。

「そんな男とは思わなかったがなあ。実に卑劣極まるねえ。社の方もボーナスを貰ってやめたのだしねえ。それに住所目下移転中と書いてあるだろう。何から何までずらかろうという態度だねえ。君も撲られっ放しでは気が済まないだろうから、一つ懲《こら》しめのために訴えてやるか。誰かに聞けば直ぐ移転先きは分るだろう」

　課長も驚いて膝《ひざ》を乗り出した。そしてもう既に地腫《じばれ》も引いて白磁色に艶々《つやつや》した加奈

江の左の頬をじっとみて
「痕《あと》は残っておらんけれど」と言った。

加奈江は「一応考えてみましてから」と一旦、整理室へ引退《ひきさが》った。待ち受けていた明子と磯子に堂島の社を辞《や》めたことを話すと
「いまいましいねえ、どうしましょう」

磯子は床を蹴《け》って男のように拳《こぶし》で傍の卓の上を叩《たた》いた。

「ふーん、計画的だったんだね。何か私たちゃ社に対して変な恨みでも持っていて、それをあんたに向って晴らしたのかも知れませんねえ」

明子も顰《しか》めた顔を加奈江の方に突き出して意見を述べた。

二人の憤慨とは反対に加奈江はへたへたと自分の椅子《いす》に腰かけて息をついた。今となっては容易《たやす》く仕返しの出来難い口惜しさが、固い鉄の棒のようになって胸に突っ張った苦しさだった。

加奈江は昼飯の時間が来ても、明子に注いで貰ったお茶を飲んだだけで、持参した弁当も食べなかった。

「どうするつもり」と明子が心配して訊《たず》ねると
「堂島のいた机の辺りの人に様子を訊いて来る」と言って加奈江はしおしおと立って

行った。

拓殖会社の大事務室には卓が一見縦横乱雑に並び、帳面立ての上にまで帰航した各船舶から寄せられた多数の複雑な報告書が堆《うずたか》く載っている。四隅に置いたストーヴの暖かさで三十数名の男の社員達は一様に上衣を脱いで、シャツの袖口《そでぐち》をまくり上げ、年内の書類及び帳簿調べに忙がしかった。加奈江はその卓の間をすり抜けて堂島が嘗《か》つて向っていた卓の前へ行った。その卓の右隣りが山岸という堂島とよく連れ立って帰って行く青年だった。

加奈江は早速、彼に訊いてみた。

「堂島さんが社を辞めたってね」

「ああそうか、道理で今日来なかったんだな。前々から辞める辞めると言ってたよ。どこか品川の方にいい電気会社の口があるってね」

すると他の社員が聞きつけて口をはさんだ。

「ええ、本当かい。うまいことをしたなあ。あいつは頭がよくって、何でもはっきり割り切ろうとしていたからなあ」

「そうだ、ここのように純粋の軍需品会社でもなく、平和になればまた早速に不況になる惧《おそ》れのあるような会社は見込みがないって言ってたよ」

山岸は辺《あた》りへ聞えよがしに言った。彼も不満を持ってるらしかった。

「あの人は今度、どこへ引っ越したの」

加奈江はそれとなく堂島の住所を訊き出しにかかった。だが山岸は一寸解《ちょっとげ》せないという顔付をして加奈江の顔を眺めたが、直ぐにやにや笑い出して
「おや、堂島の住所が知りたいのかい。こりゃ一杯、おごりものだぞ」

「いえ、そんなことじゃないのよ。あんたあの人と親友じゃないの」

加奈江は二人の間柄《ま》を先ず知りたかった。

「親友じゃないが、銀座へ一緒に飲みに行ってね、夜遅くまで騒いで歩いたことは以前あったよ」

「それなら新しい移転先き知ってるでしょう」

「移転先って。いよいよあやしいな、一体どうしたって言うんだい」

加奈江は昨日の被害を打ち明けなくては、自分の意図が素直に分って貰えないのを知った。

「山岸さんは堂島さんがこの社を辞めた後もあの人と親しくするつもり。それを聞いた上でないと言えないのよ」

「いやに念を押すね。ただ飲んで廻ったというだけの間柄さ。社を辞めたら一緒に出かけることも出来ないじゃないか。もっとも銀座で逢えば口ぐらいは利くだろうがね」

「それじゃ話すけれど、実は昨日私たちの帰りに堂島が廊下に待ち受けていて私の顔を撲ったのよ。私、眼が眩《くら》むほど撲られたんです」

加奈江はもう堂島さんと言わなかった。そして自分の右手で顔を撲る身振りをしながら眼をつむったが、開いたときは両眼に涙を浮べていた。

「へえー、あいつがかい」

山岸もその周《まわ》りの社員たちも椅子から立上って加奈江を取巻いた。加奈江は更に、撲られる理由が単に口を利かなかったということだけだと説明したとき、不断おとなしい彼女を信じて社員たちはいきり出した。

「この社をやめて他の会社の社員になりながら、行きがけの駄賃に女を撲って行くなんてわが社の威信を踏み付けにした遣《や》り方だねえ。山岸君の前だけれど、このままじゃ済まされないなあ」

これは社員一同の声であった。山岸はあわてて

「冗談言うな。俺だって承知しないよ。あいつはよく銀座へ出るから見つけたら俺が

代って撲り倒してやる」

と拳をみんなの眼の前で振ってみせた。しかし社員たちはそれを遮《さえぎ》った。

「そんなことはまだるいや。堂島の家へ押しかけてやろうじゃないか」

「だから私、あの人の移転先が知りたいのよ。課長さんが見せてくれた退社届に目下移転中としてあるからね」

と加奈江は山岸に相談しかけた。

「そうか。品川の方の社へ変ると同時に、あの方面へ引越すとは言ってたんだがね、場所は何も知らないんだよ。だが大丈夫、十時過ぎになれば何処の酒場でもカフェでもお客を追い出すだろう、その時分に銀座の……そうだ西側の裏通りを二、三日探して歩けばきっとあいつは摑《つか》まえられるよ」

山岸の保証するような口振りに加奈江は

「そうお、では私、ちょいちょい銀座へ行ってみますわ。あんた告げ口なんかしては駄目よ」

「おい、そんなに僕を侮辱しないでくれよ。君がその気なら憚《はばか》りながら一臂《ぴ》の力を貸す決心でいるんだからね」

山岸の提言に他の社員たちも、佐藤加奈江を仇討《あだう》ちに出る壮美な女剣客のようにはやし立てた。

「うん俺達も、銀ブラするときは気を付けよう。佐藤さんしっかりやれえ」

師走《しわす》の風が銀座通りを行き交う人々の足もとから路面の薄埃《うすほこり》を吹き上げて来て、思わず、あっ！　と眼や鼻をおおわせる夜であった。

加奈江は首にまいたスカーフを外套《がいとう》の中から摑《つか》み出して、絶えず眼鼻を塞《ふさ》いで埃を防いだが、その隙《すき》に堂島とすれ違ってしまえば、それっきりだという惧《おそ》れで直ぐにスカーフをはずして前後左右を急いで観察する。今夜も明子に来て貰《もら》って銀座を新橋の方から表通りを歩いて裏通りへと廻って行った。

「十日も通うと少し飽き飽きして来るのねえ」

加奈江がつくづく感じたことを溜息《ためいき》と一緒に打ち明けたので、明子も自分からは差控えていたことを話した。

「私このごろ眼がまわるのよ。始終雑沓《ざっとう》する人の顔を一々覗《のぞ》いて歩くでしょう。しまいには頭がぼーっとしてしまって、家へ帰って寝るとき天井が傾いて見えたりして吐気がするときもある」

「済みませんわね」

「いえ、そのうちに慣れると思ってる」

加奈江はまた暫《しば》らく黙ってすれ違う人を注意して歩いていたが、

「私、撲られた当座、随分口惜しかったけれど、今では段々薄れて来て、毎夜のように無駄に身体を疲らして銀座を歩くことなんか何だか莫迦《ばか》らしくなって来たの。殊《こと》に事変下でね……。それで往《い》く人をして往かしめよって気持ちで、すれ違う人を見ないようにするのよ。するとその人が堂島じゃなかったかという気がかりになって振り返らないではいられないのよ。何という因業な事でしょう」

「あら、あんたがそんなジレンマに陥っては駄目ね」

「でも頬一つ叩いたぐらい大したことではないかも知れないし、こんなことの復讐《ふくしゅう》なんか女にふさわしくないような気がして」

「まあ、それあんたの本心」

「いいえ、そうも考えたり、いろいろよ。社ではまだかまだかと訊《き》くしね」

「それじゃ私が一番お莫迦《ばか》さんになるわけじゃないの」

明子は顔をくしゃくしゃにして加奈江に言いかけたが、堂島に似た青年が一人明子の傍をすれ違ったので周章《あわ》ててその方に顔を振り向けると、青年は立止って

「何ていう顔をするんですか」と冷笑したので明子はすっかり赤く照れて顔を伏せて

しまった。青年はうるさくついて来た。加奈江と明子はもう堂島探しどころではなかった。二人はずんずん南へ歩いて銀座七丁目の横丁まで来た。その時駐車場の後端の方に在った一台のタクシーが動き出した。その中の乗客の横顔が二人の眼をひかないではいなかった。どうも堂島らしかった。二人は泳ぐように手を前へ出してその車の後を追ったが、バックグラスに透けて見えたのは僅《わず》かに乗客のソフト帽だけだった。

それから二人は再び堂島探しに望みをつないで暮れの銀座の夜を縫って歩いた。事変下の緊縮した歳暮はそれだけに成るべく無駄を省いて、より効果的にしようとする人々の切羽詰まったような気分が街に籠《こも》って、銀ブラする人も、裏街を飲んで歩く青年たちにも、こつんとした感じが加わった。それらの人を分けて堂島を探す加奈江と明子は反撥《はんぱつ》のようなものを心身に受けて余計に疲れを感じた。

「歳《とし》の瀬の忙しいとき夜ぐらいは家にいて手伝ってくれてもいいのに」

加奈江の母親も明子の母親も愚痴を滾《こぼ》した。

加奈江も明子も、まだあの事件を母親に打ちあけてないことを今更、気づいた。しかしその復讐のために堂島を探して銀座に出るなどと話したら、直に足止めを食うに決まっている――加奈江も明子も口に出さなかった。その代り「年内と言っても後四日、その間だけ我慢して家にいましょう」二人は致し方のないことだと諦《あきら》めて新年を迎える家の準備にいそしんだ。来るべき新年は堂島をみつけて出来るだけの仕返しをしてやる――そういう覚悟が別に加わって近ごろになく気持ちが張り続けていた。

いよいよ正月になって加奈江は明子の来訪を待っていた。三日の晩になっても明子は来なかった。加奈江は自分の事件だから本当は自分の方から誘いに出向くべきであったと始めて気づいて独《ひと》りで苦笑した。今まで加奈江は明子と一緒に銀座の人ごみの中で堂島を掴まえるのには和服では足手まといだというので、いつも出勤時の灰色の洋服の上に紺の外套をお揃《そろ》いで着て出たものだったが、さすがに新年でもあり、まだ二三回しか訪れたことのない明子の家へ行くのだから、加奈江は入念にお化粧して、女学校卒業以来二年間、余り手も通さなかった裾《すそ》模様の着物を着て金模様のある帯を胸高に締めた。着なれない和服の盛装と、一旦途切れて気がゆるんだ後の冒険の期待とに妙に興奮して息苦しかった。羅紗地《ラシャじ》のコートを着ると麻布の家を出た。外は一月にしては珍らしくほの暖かい晩であった。

青山の明子の家に着くと、明子も急いで和服の盛装に着替えて銀座行きのバスに乗った。

「わたし、正月早々からあんたを急《せ》き立てるのはどうかと思って差控えてたのよ。それに松の内は銀座は早仕舞いで酒飲みなんかあまり出掛けないと思ったもんだから」

明子は言い訳をした。

「わたしもそうよ。正月早々からあんたをこんなことに引張り出すなんか、いけないと思ってたの。でもね、正月だし、たまにはそんな気持ちばかりでなく銀座を散歩したいと思って、それで裾模様で来たわけさ。今日はゆったりした気持ちで歩いて、スエヒロかオリンピックで厚いビフテキでも食べない」

加奈江は家を出たときとは幾分心構えが変っていた。

「まああそれもいいねえ。裾模様にビフテキは少しあわないけれど」

「ほほほほ」

二人は晴やかに笑った。

銀座通りは既に店を閉めているところもあった。人通りも割合に少なくて歩きよかった。それに夜店が出ていないので、向う側の行人まで見通せた。加奈江たちは先ず尾張町から歩き出したが、瞬《また》く間に銀座七丁目の橋のところまで来てしまった。拍子抜けのした気持ちだった。

「どうしましょう。向う側へ渡って京橋の方へ行ってオリンピックへ入りましょうか、それともこの西側の裏通りを、別に堂島なんか探すわけじゃないけれど、さっさと歩いてスエヒロの方へ行きますか」

加奈江は明子と相談した。

「そうね、何だか癖がついて西側の裏通りを歩いた方が、自然のような気がするんじゃない」

明子が言い終らぬうちに、二人はもう西側に折れて進んでいた。

「そら、あそこよ。暮に堂島らしい男がタクシーに乗ったところは」

明子が思い出して指さした。二人は今までの澄ました顔を忽《たちま》ち に厳《きび》しくした。それから縦の裏通りを尾張町の方に向って引返し始めたが、いつの間にか二人の眼は油断なく左右に注がれ、足の踏まえ方にも力が入っていた。

資生堂の横丁と交叉《こうさ》する辻角に来たとき五人の酔った一群が肩を一列に組んで近くのカフェから出て来た。そしてぐるりと半回転するようにして加奈江たちの前をゆれて肩をこすり合いながら歩いて行く。

「ちょいと！　堂島じゃない、あの右から二番目」

明子がかすれた声で加奈江の腕をつかんで注意したとき、加奈江は既に獲物に迫る意気込みで、明子をそのまま引きずって、男たちの後を追いかけた。――どうにかこの一列の肩がほぐれて、堂島一人になればよいが――と加奈江はあせりにあせった。

それに堂島が自分達を見つけて知っているかどうかも知りたかった。そう思って堂島の後姿を見ると特に目立って額を俯向《うつむ》けているのも怪しかった。二人は半丁もじりじりして後をつけた。そのとき不意に堂島は後を振り返った。

「堂島さん！　ちょっと話があります。待って下さい」

加奈江はすかさず堂島の外套の背を握りしめて後へ引いた。明子もその上から更に外套を握って足を踏張った。堂島は周章《あわ》てて顔を元に戻したが、女二人の渾身《こんしん》の力で喰い止められてそれのまま遁《のが》れることは出来なかった。五人の一列は堂島を底にしてV字型に折れた。

「よー、こりゃ素敵、堂島君は大変な女殺しだね」

同僚らしいあとの四人は肩組も解《ほど》いてしまって、呆《あき》れて物珍らしい顔つきで加奈江たちを取巻いた。

「いや、何でもないよ。一寸《ちよつと》失敬する」

そういって堂島は加奈江たちに外套の背を摑まれたまま、連れを離れて西の横丁へ曲って行った。小さな印刷所らしい構えの横の、人通りのないところまで来ると堂島は立止まった。離して逃げられでもしたらと用心して確《し》っかり握りしめてついて来た加奈江は、必死に手に力をこめるほど往時の恨みが衝《つ》き上げて来て、今はすさまじい気持ちになっていた。

「なぜ、私を撲《なぐ》ったんですか。一寸口を利《き》かなかったぐらいで撲る法がありますか。それも社を辞める時をよって撲るなんて卑怯《ひきょう》じゃありませんか」

加奈江は涙が流れて堂島の顔も見えないほどだった。張りつめていた復讐心が既に融《と》け始めて、あれ以来の自分の惨《みじ》めな毎日が涙の中に浮び上った。

「本当よ、私たちそんな無法な目にあって、そのまま泣き寝入りなんか出来ないわ。課長も訴えてやれって言ってた。山岸さんなんかも許さないって言ってた。さあ、どうするんです」

堂島は不思議と神妙に立っているきりだった。明子は加奈江の肩を頻《しき》りに押して、叩《たた》き返せと急《せ》きたてた。しかし女学校在学中でも友達と口争いはしたけれども、手を出すようなことの一度だってなかった加奈江には、いよいよとなって勢いよく手を上げて男の顔を撲るなぞということはなかなか出来ない仕業《しわざ》だった。

「あんまりじゃありませんか、あんまりじゃありませんか」

そういう鬱憤《うっぷん》の言葉を繰返し繰返し言い募ることによって、加奈江は激情を弾《はず》ませて行って

「あなたが撲ったから、私も撲り返してあげる。そうしなければ私、気が済まないの

よ」

　加奈江は、やっと男の頰を叩いた。その叩いたことで男の顔がどんなにゆがんだか鼻血が出はしなかったかと早や心配になり出す彼女だった。叩いた自分の掌に男の脂《あぶら》汗《あせ》が淡くくっついたのを敏感に感じながら、加奈江は一歩後退《しさ》った。

「もっと、うんと撲りなさいよ。利息ってものがあるわけよ」

明子が傍から加奈江をけしかけたけれど、加奈江は二度と叩く勇気がなかった。

「おいおい、こんな隅っこへ連れ込んでるのか」

さっきの四人連れが後から様子を覗《のぞ》きにやって来た。加奈江は独りでさっさと数寄《すき》屋《や》橋の方へ駆けるように離れて行った。明子が後から追いついて
「もっとやっつけてやればよかったのに」

と、自分の毎日共に苦労した分までも撲って貰《もら》いたかった不満を交《ま》ぜて残念がった。

「でも、私、お釣銭は取らないつもりよ。後くされが残るといけないから。あれで私気が晴々した。今こそあなたの協力に本当に感謝しますわ」

改まった口調で加奈江が頭を下げてみせたので明子も段々気がほぐれて行って「お目出とう」と言った。その言葉で加奈江は
「そうだった、ビフテキを食べるんだったっけね。祝盃を挙げましょうよ。今日は私

のおごりよ」

二人はスエヒロに向った。

六日から社が始まった。明子から磯子へ、磯子から男の社員達に、加奈江の復讐成就が言い伝えられると、社員たちはまだ正月の興奮の残りを沸き立たして、痛快々々と叫びながら整理室の方へ押し寄せて来た。

「おいおい、みんなどうしたんだい」

一足後《おく》れて出勤した課長は、この光景に不機嫌な顔をして叱《しか》ったが、内情を聞くに及んで愉快そうに笑いながら、社員を押し分けて自分が加奈江の卓に近寄り「よく貫徹したね、仇討《あだうち》本懐じゃ」と祝った。

加奈江は一同に盛んに賞讃されたけれど、堂島を叩き返したあの瞬間だけの強《し》いて自分を弾ませたときの晴々した気分はもうとっくに消え失《う》せてしまって、今では却《かえ》ってみんなからやいやい言われるのがかえって自分が女らしくない奴と罵《ののし》られるように嫌だった。

社が退《ひ》けて家に帰ると、ぼんやりして夜を過ごした。銀座へ出かける目標も気乗りもなかった。勿論《もちろん》、明子はもう誘いに来なかった。戸外は相変らず不思議に暖かくて雪の代りに雨がしょぼしょぼと降り続いた。加奈江は茶の間の隅に坐って前の坪庭の山茶花《さざんか》の樹に雨が降りそぐのをすかし見ながら、むかしの仇討ちをした人々の後半生というものはどんなものだろうなどと考えたりした。そして自分のつまらぬ仕返しなんかと較べたりする自分を莫迦《ばか》になったのじゃないかとさえ思うこともあった。

一月十日、加奈江宛《あて》の手紙が社へ来ていた。加奈江が出勤すると給仕が持って来た。手紙の表には「ある男より」と書いてあるだけで加奈江が不審に思って開いてみると意外にも堂島からであった。

この手紙は今までの事柄の返事のつもりで書きます。僕は自分で言うのもおかしいけれど、はっきりしていると思う。現在、あの拓殖会社が煮え切らぬ存在で、今度の会社が前途有望である点が僕の去就を決した。しかし私に割り切れないものがあの社を去るに当って一つあった。それは貴女《あなた》に対する私の気持ちでした。社を辞めるとなれば殆《ほとん》ど貴女には逢《あ》えなくなる。その前に僕の気持ちを打ち明けて、どうか同情して貰いたいとあせった。しかし僕は令嬢というものに対してはどうしても感情的なことが言い出せない性質です。だから遂々《とうとう》ボーナスを貰って社を辞めようとした最後の日まで来てしまったのです。いよいよ、言うことすら出来ないのか。思い切って打ち明けたところで、断られたらどういうことになる。此方《こっち》はすごすごと思いを残して引下り貴女は僕のことなぞ忘れてしまうだけだ。いっそ喧嘩《けんか》でもしたらどうか。或いは憎むことによって僕を長く忘れないかも知れない。僕もきっかり決裂した感じで気持ちをそらすことが出来よう。そんな自分勝手な考えしか切羽詰って来ると浮びませんでした。とつおいつ、僕は遂《つい》に夢中になって貴女をあの日、撲ったのでした。しかし、女を、しかも一旦慕った麗人を乱暴にも撲ったということは僕のヒューマニズムが許しませんでした。いつも苦い悪汁となって胸に浸み渡るのでした。その不快さに一刻も早く手紙を出して詫《わ》びようと思ったが、それもやはり自分だけを救うエゴイズムになるのでやめてしまったのです。先日、銀座で貴女に撲り返されたとき、これで貴女の気が晴れるだろうから、そこでやっと自分の言い訳やら詫びをしようと、もじもじしていたのですが、連れの者が邪魔して、それを果しませんでした。よって手紙を以って、今、釈明する次第です。平にお許し下さい。

堂島　潔

としてあった。加奈江は、そんなにも迫った男の感情ってあるものかしらん。今にも堂島の荒々しい熱情が自分の身体に襲いかかって来るような気がした。

加奈江は時を二回に分けて、彼の手、自分の手で夢中になってお互いを叩きあった堂島と、このまま別れてしまうのは少し無慙《むざん》な思いがあった。一度、会って打ち解けられたら……。

加奈江は堂島の手紙を明子たちに見せなかった。家に帰るとその晩一人銀座へ向った。次の晩も、その次の晩も、十時過ぎまで銀座の表通りから裏街へ二回も廻って歩いた。しかし堂島は遂に姿を見せないで、路上には漸《ようや》く一月の本性の寒風が吹き募って来た。

蔦《つた》の門

私の住む家の門には不思議に蔦《つた》がある。今の家もそうであるし、越して来る前の芝白金の家もそうであった。もっともその前の芝、今里の家と、青山南町の家とには無かったが、その前にいた青山穏田《おんでん》の家にはやはり蔦があった。都会の西、南部、赤坂と芝とを住み歴《へ》る数回のうちに三カ所もそれがあるとすれば、蔦の門には余程縁のある私である。

目慣れてしまえば何ともなく、門の扉の頂より表と裏に振り分けて、若人《わこうど》の濡《ぬ》れ髪を干すように門の辺《かんぬき》まで鬱蒼《うっそう》と覆《おお》い掛り垂れ下る蔓葉《つるは》の盛りを見て、ただ涼しくも茂るよと感ずるのみであるが、たまたま家族と同伴して外に出で立つとき誰かが支度が遅く、自分ばかり先立って玄関の石畳に立ちあぐむときなどは、焦立《いらだ》つ気持ちをこの葉の茂りに刺し込んで、強いて蔦の門の偶然に就いて考えてみることもある。

結局、表扉を開いて出入りを激しくする職業の家なら、たとえ蔦の根はあっても生え拡《ひろ》がるまいし、自然の倣《な》すままを寛容する嗜癖《しへき》の家族でなければこういう状態を許すまい。蔦の門には偶然に加うるに多少必然の理由はあるのだろうか——この私の自問に答えは甚《はなは》だ平凡だったが、しかし、表門を蔦の成長の棚床に閉じ与えて、人間は傍の小さい潜門《くぐり》から世を忍ぶもののように不自由勝ちに出入するわが家のものは、無意識にもせよ、この質素な蔦を真実愛しているのだった。ひょっとすると、移転の必要あるたび、次の家の探し方に門に蔦のある家を私たちは黙契のうちに条件に入れて探していたのかも知れない。そう思うと、蔦なき門の家に住んでいたときの家の出入りを憶《おも》い返し、丁度女が額の真廂《まびさし》をむきつけに電燈の光で射向けられるような寂しくも気うとい感じがした。そして、従来の経験に依《よ》ると、そういう家には永く住みつかなかったようである。

夏の葉盛りには鬱青の石壁にも譬《たと》えられるほど、蔦はその肥大な葉を鱗《うろこ》状に積み合せて門を埋めた。秋より初冬にかけては、金朱のいろの錦《にしき》の蓑《みの》をかけ連ねたように美しくなった。霜《しも》の下りる朝毎《ごと》に黄葉朽葉を増し、風もなきに、かつ散る。冬は繊細執《しつ》拗《よう》に編み交り、捲《ま》いては縒《よじ》れ戻る枝や蔓枝だけが残り、原始時代の大匍《ほ》足類《そくるい》の神経か骨が渇化して跡をとどめているようで、節々に吸盤らしい刺《とげ》立ちもあり、私の皮膚を寒気立たした。しかし見方によっては鋼《はがね》の螺《ら》線《せん》で作ったルネサンス式の図案様式の扉にも思えた。

蔦を見て楽しく爽《さわや》かな気持ちをするのは新緑の時分だった。透き通る様な青い若葉が門扉の上から雨後の新滝のように流れ降り、その萌黄いろから出る石竹色の蔓尖の茎や芽は、われ勝ちに門扉の板の空所を匍《は》い取ろうとする。伸びる勢の不揃《ふぞろ》いなところが自由で、稚《おさな》く、愛らしかった。この点では芝、白金の家の敷地の地味はもっともこの種の蔓の木によかったらしく、柔かく肥《ふと》った若葉が無数に蔓で絡《から》まり合い、一握りずつの房になって長短を競わせて門扉にかかった。

「まるで私たちが昔かけた房附きの毛糸の肩掛けのようでございますね」

自然や草木に対してわり合いに無関心の老婢《ろうひ》のまきまでが美事な蔦に感心した。晴れてまだ晩春の臈《ろう》たさが残っている初夏の或る日のことである。老婢は空の陽を手庇《てびさし》で防ぎながら、仰いで蔦の門扉に眼をやっていた。

「日によると二三寸も一度に伸びる芽尖《めさき》があるのでございます。草木もこうなると可《か》愛《わ》ゆいものでございますね」

性急な老婢は、草木の生長の速力が眼で計れるのに始めて自然に愛を見出《みいだ》して来たもののようである。正直ものでもとかく、一徹に過ぎ、ときにはいこじにさえ感ぜられる老婢が、そのため二度も嫁入って二度とも不縁に終り、知らぬ他人の私の家に永らく奉公しなければならない、性格の一部に何となくエゴの殻をつけている老年の女がこの蔦の芽にどうやら和《なご》やかな一面を引き出されたことだけでも私には愉快だった。

また五十も過ぎて身寄りとは悉《ことごと》く仲違いをしてしまい、子供一人ない薄倖《はっこう》な身の上を彼女自身潜在意識的に感じて来て、女の末年の愛を何ものかに向って寄せずにはいられなくなった性情の自然の経過が、いくらかこんなことでもここに現われたのではないかと、憐《あわ》れにも感じて、つくづく老婢の身体《からだ》を眺めやった。

老婢の身体つきは、だいぶ老齢の女になって、横顔の顎《あご》の辺に二三本、褐色の竪筋《たてすじ》が目立って来た。

「蔦の芽でも可愛がっておやりよ。おまえの気持ちの和みにもなるよ」

老婢は「へえ」と空返事をしていた。もうこの蔦に就《つ》いて他のことを考えているらしかった。

その日から四五日経た午後、門の外で老婢が、がみがみ叫んでいる声がした。その声は私の机のある窓近くでもあるので、書きものの気を散らせるので、止《や》めて貰《もら》おうと私は靴を爪先《つまさき》につきかけて、玄関先へ出てみた。門の裏側の若蔦の群は扉を横舸《ば》いに舸い進み、崎《みさき》と崎にせかれて、その間に干潮を急ぐ海流の形のようでもあり、大きくうねりを見せて動いている潮のようでもある。空間にあえなき支点を求めて覚束《おぼつか》なくも微風に揺られている搔《か》きつき剰《あま》った新蔓は、潮の飛沫《ひまつ》のようだ。机から急に立上った身体の動揺から私は軽微の眩暈《めまい》がしたのと、久し振りにあたる明るい陽の光の刺《し》戟《げき》に、苦しいより却《かえつ》て揺蕩《ようとう》とした恍惚《こうこつ》に陥ったらしい。そのまま佇《たたず》んで、しめやかな松の初花の樹脂臭い匂《にお》いを吸い入れながら、門外のいさかいを聞くとも聞かぬともなく聞く。

「えええええ、ほんとに、あたしじゃないのだわ。よその子よ。そしてそのよその子、あたし知ってるよ」

早熟《ませ》た口調で言っているのはこの先の町の葉茶屋の少女ひろ子である。遊び友達らしい子供の四五人の声で、くすくす笑うのが少し遠く聞える。

「嘘《うそ》だろ！　両手を出してお見せ」と言ったのは老いたまきの声である。もうだいぶ返答返しされて多少自信を失ったまきはしどろもどろの調子である。

「はい」少女はわざと、いうことを素直に聴く良い子らしい声音を装《よそお》って返事しながら立派に大きく両手を突出した様子が蔦の門を越した向うに感じられた。忽《たちま》ち当惑したまきの表情が私に想像される。老婢は「ふーむ」とうなった。

また、くすくす笑う子供たちの声が聞える。

私も何だか微笑が出た。ちょっと間を置いて、まきは勢づき

「じゃ、この蔦の芽をちょぎったのは誰だ。え、そいってごらん。え、誰だよ、そら

言えまい」

「あら、言えてよ。けど言わないわ。言えばおばさんに叱《しか》られるの判《わか》っているでしょう。叱られること判っていながら言うなんて、いくら子供だって不人情だわ」

「不人情、はははは」と女の子供たちは、ひろ子の使った大人らしい言葉が面白かったか、男のような声をたてて一せいに笑った。

まきはいきり立って「……この子たち口減らずといったら――」、まきの憤慨している様子が私にも想像されたが、すべてのものから孤独へほうり捨てられたこの老女は、やはり不人情の一言には可なり刺戟を受けたらしい。「早く向うへ行って。おまえなど女弁士にでもおなり」と叱り散らした。

もう、そのとき、ひろ子はじめ連れの子供たちは逃げかかっていて、老婢より相当離れていた。老婢はまた懐柔して防ぐに之《し》くはないと気を更《か》えたらしく、強いて優しい声を投げた。

「ねえ、みんな、おまえさんたちいい子だから、この蔦の芽を摘むんじゃないよ。ほんとに頼むよ」

さすがの子供たちも「ああ」とか「うん」とか生返事しながら馳《は》せ去る足音がした。

やっと私は潜戸《くぐりど》を開けて表へ出てみた。

「ばあや、どうしたの」

「まあ、奥さま、ご覧遊ばせ。憎らしいったらございません。ひろ子が餓鬼大将で蔦の芽をこんなにしてしまったのでございます。わたくし、親の家へ呶鳴《どな》り込んでやろうと思っているんでございます」

指したのを見ると、門の蔦は、子供の手の届く高さの横一文字の線にむしり取られて、髪のおかっぱさんの短い前髪のように揃《そろ》うていた。流行を追うて刈り過ぎた理髪のように軽佻《けいちょう》で滑稽《こっけい》にも見えた。私はむっとして「なんという、非道《ひど》いこと。いくら子供だって」と言ったが、子供の手の届く範囲を示して子供の背丈《せたけ》だけに摘み揃っている蔦の芽の摘み取られ方には、悪戯《いたずら》でもやっぱり子供らしい自然さが現われていて、思い返さずにはいられなかった。

「これより上へ短くは摘み取るまいよ。そしてそのうちには子供だから摘むのにもじき飽きるだろうよ」

「でも」

「まあ、いいから……」

ひろ子の家は二筋三筋距《へだた》った町通りに小さい葉茶屋の店を出していた。上り框《がまち》と店の左横にささやかな陳列硝子《ガラス》戸棚を並べ、その中に進物用の大小の円罐《まるかん》や、包装した箱が申訳だけに並べてあった。

楽焼の煎茶《せんちゃ》道具一揃いに、茶の湯用の漆塗りの棗《なつめ》や、竹の茶筅《ちゃせん》が埃《ほこり》を冠っていた。右側と衝き当りに三段の棚があって、上の方には紫の紐附《ひもつき》の玉露の小壺《こつぼ》が並べてあるが、それと中段の煎茶の上等が入れてある中壺は滅多に客の為《た》め蓋《ふた》が開けられることはなく、売れるのは下段の大壺の番茶が主だった。徳用の浜茶や粉茶も割合に売れた。

玉露の壺は単に看板で、中には何も入ってなく、上茶も飛切りは壺へ移す手数を省いて一々、静岡の仕入れ元から到着した錫張《すずば》りの小箱の積んであるのをあれやこれやと探し廻って漸《よう》く見付け出し、それから量《はか》って売ってくれる。だから時間を待たして仕様がないと老婢のまきは言った。

「おや、おまえ、まだ、あすこの店へお茶を買いに行くの」と私は訊《き》いてみた。「あすこの店はおまえの敵役《かたきやく》の子供がいる家じゃない」

すると、まきは照れ臭そうに眼を伏せて

「はあ、でも、量りがようございますから」

と、せいぜい頭を使って言った。私は多少思い当る節が無いでもなかった。

蔦の芽が摘まれた事件のあった日から老婢まきは、急に表門の方へ神経質になって表門の方に少しでも子供の声がすると「また、ひろ子のやつが――」と言って飛出して行った。

事実、その後も二三回、子供たちの同じような所業があったが、しかし、一月も経《た》たぬうちに老婢の警戒と、また私が予言したように子供の飽きっぽさから、その事は無くなって、門の蔦の芽は摘まれた線より新らしい色彩で盛んに生え下って来た。初蟬《はつぜみ》が鳴き金魚売りが通る。それでも子供の声がすると「また、ひろ子のやつが――」と呟《つぶや》きながらまきは駆け出して行った。

子供たちは遊び場を代えたらしい。門前に子供の声は聞えなくなった。老婢は表へ飛出す目標を失って、しょんぼり見えた。用もなく、厨《くりや》の涼しい板の間にぺたんと坐っているときでも急に顔を皺《しわ》め

「ひろ子のやつめ、――ひろ子のやつめ――」

と独《ひと》り言のように言っていた。私は老婢がさんざん小言を云ったようなきっかけで却って老婢の心にあの少女が絡《から》み、せめて少女の名でも口に出さねば寂しいのではあるまいかとも推察した。

だから、この老婢がわざわざ幾つも道を越える不便を忍んで少女の店へ茶を求めに行く気持ちも汲《く》めなくはなく、老婢の拙《つた》ない言訳も強いて追及せず

「そう、それは好い。ひろ子も蔦をむしらなくなったし、ひいきにしておやり」

私の取り做《な》してやった言葉に調子づいたものか老婢は、大びらでひろ子の店に通い、ひろ子の店の事情をいろいろ私に話すのであった。

私の家は割合に茶を使う家である。酒を飲まない家族の多くは、心気の転換や刺戟の料に新らしくしばしば茶を入れかえた。老婢は月に二度以上もひろ子の店を訪ねることが出来た。

まきの言うところによるとひろ子の店は、ひろ子の親の店には違いないが、父母は早く歿《ぼっ》し、みなし児のひろ子のために、伯母夫婦が入って来て、家の面倒をみているのだった。伯父は勤人で、昼は外に出て、夕方帰った。生活力の弱そうな好人物で、夜は近所の将棊所《しょうぎしょ》へ将棊をさしに行くのを唯一《ゆいいつ》の楽しみにしている。伯母は多少気丈な女で家の中を切り廻すが、病身で、ときどき寝ついた。二人とも中年近いので、もう二三年もして子供が出来ないなら、何とか法律上の手続をとって、ひろ子を養女にするか、自分たちが養父母に直るかしたい気組みである。それに茶店の収入も二人の生活に取っては重要なものになっていた。

「可哀そうに。あれで店にいると、がらり変った娘になって、からいじけ切ってるのでございますよ。やっぱり本親のない子ですね」とまきは言った。

私は、やっぱり孤独は孤独を牽《ひ》くのか。そして一度、老婢とその少女とが店で対談する様子が見たくなった。

その目的の為めでもなかったが、私は偶然少女の茶店の隣の表具店に写経の巻軸の表装を誂《あつら》えに行って店先に腰かけていた。私が家を出るより先に花屋へ使いに出したまきが町向うから廻って来て、少女の店に入った。大きな「大経師」と書いた看板が距てになっているので、まきには私のいるのが見えなかった。表具店の主人は表装の裂地《きれじ》の見本を奥へ探しに行って手間取っていた。都合よく、隣の茶店での話声が私によく聞えて来る。

「何故《なぜ》、今日はあたしにお茶を汲《く》んで出さないんだよ」

まきの声は相変らず突っかかるようである。

「うちの店じゃ、二十銭以上のお買物のお客でなくちゃ、お茶を出さないのよ」

ひろ子の声も相変らず、ませている。

「いつもあんなに沢山の買物をしてやるじゃないか。常顧客《おとくい》さまだよ。一度ぐらい少ない買物だって、お茶を出すもんですよ」

「わからないのね、おばさんは。いつもは二十銭以上のお買物だから出すけど、今日は茶滓漉《ちゃかすこ》しの土瓶《どびん》の口金一つ七銭のお買物だからお茶は出せないじゃないの」

「お茶は四五日前に買いに来たの知ってるだろ。まだ、うちに沢山あるから買わないんだよ。今度、無くなったらまた沢山買いに来ます。お茶を出しなさい」

「そんなこと、おばさんいくら云っても、うちのお店の規則ですから、七銭のお買物のお客さまにはお茶出せないわ」

「なんて因業な娘っ子だろう」

老婢は苦笑しながら立ち上りかけた。ここでちょっと私の心をひく場面があった。

老婢の店を出て行くのに、ひろ子は声をかけた。

「おばさん、浴衣《ゆかた》の脊《せ》筋《すじ》の縫目が横に曲っていてよ。直したげるわ」

老婢は一度「まあいいよ」と無愛想に言ったが、やっぱり少し後へ戻ったらしい。それを直してやりながら少女は老婢に何か囁《ささや》いたようだが私には聞えなかった。それから老婢の感慨深そうな顔をして私の前を通って行くのが見える。私がいるのに気がつかなかったほど老婢は何か思い入っていた。

ひろ子が何を囁《ささや》いて何をまきが思い入ったのか家へ帰ってから私が訊くと、まきは言った。

「おばさん御免なさいね。きょう家の人たち奥で見ているもんだから、お店の規則破れないのよ。破るととてもうるさいのよ。判って」ひろ子はまきの浴衣の脊筋を直す振りして小声で言ったのだそうである。まきはそれを私に告げてから言い足した。

「なあにね。あの悪戯《いたずら》っ子がお茶汲んで出す恰好《かっこう》が早熟《ませ》てて面白いんで、お茶出せ、出せと、いつも私は言うんで御座いますがね、今日のように伯母夫婦に気兼ねするんじゃ、まったく、あれじゃ、外へ出て悪戯でもしなきゃ、ひろ子も身がたまりませんです」

少し大きくなったひろ子から、家を出て女給にでもと相談をかけられたのを留めたのも老婢のまきであったし、それかと言って、家にいて伯母夫婦の養女になり、みすみす一生を夫婦の自由になってしまうのを止めさしたのもまきであった。私の家の蔦の門が何遍か四季交換の姿を見せつつある間に、二人はそれほど深く立入って身の上を頼《たよ》り合う二人になっていた。孤独は孤独と牽き合うと同時に、孤独と孤独は、もはや孤独と孤独とでなくなって来た。まきには落着いた母性的の分別が備わって、姿形さえ優しく整うし、ひろ子にはまた、しおらしく健気《けなげ》な娘の性根が現われて来た。私の家は勝手口へ廻るのも、この蔦の門の潜戸から入って構内を建物の外側に沿って行くことになっていたので、私は、何遍か、少し年の距った母子のように老女と娘とが睦《むつ》び合いつつ蔦の門から送り出し、迎えられする姿を見て、かすかな涙を催したことさえある。

老婢は子供の時分に聞いた、上野の戦いの時の、傷病兵の看護人が男性であったものを、女性にかえてから非常に成績が挙るようになった看護婦の起源の話（これは近頃、当時の生存者がラジオで放送した話にもあったが）を想《おも》い出した。また自分の体験から、貧しい女は是非腕に一人前の専門的職業の伎倆《ぎりよう》を持っていなければ結婚するにしろ、独身にしろ、不幸であることを諄々《じゆんじゆん》と諭《さと》して、ひろ子に看護婦になることを勧めた。そして学費の足しにと自分のお給金の中から幾らかの金を貢《みつ》ぎながら、ひろ子を赤十字へ入れて勉強さした。

私の家は、老婢まきを伴って、芝、白金から赤坂の今の家へ移った。今度は門わきの塀《へい》に蔦がわずかに搦《から》んでいるのを私が門へ蔓を曳《ひ》きそれが繁《しげ》りに繁ったのである。

まきはすっかり老齢に入って、掃除や厨《くりや》のことは若い女中に任せて自分はただ部屋に寝起きして、ときどき女中の相談に与《あずか》ればよかった。

しかし、彼女は晩春から初夏へかけて蔦の芽立つ頃の朝夕二回の表口の掃除だけは自分でする。母子の如《ごと》く往《ゆ》き交うひろ子との縁の繋《つな》がり始まりを今もなお若蔦の勢よき芽立ちに楽しく顧る為めであろうか。緑のゴブラン織のような蔦の茂みを背景にして脊《せ》と腰で二箇所に曲っている長身をやおら伸ばし、箒《ほうき》を支えに背景を見返える老女の姿は、夏の朝靄《あさもや》の中に象牙彫《ぞうげぼ》りのように潤《うる》んで白く冴《さ》えた。彼女は朝起きの小児がよちよち近寄って来でもすると、不自由な身体に懸命な力で抱き上げて、若蔦の芽を心行くばかり摘み取らせる。嘗《かっ》ては、あれほど摘み取られるのを怒ったその蔦の芽を――そしてにこにこしている。まきも老いて草木の芽に対する愛は、所詮《しょせん》、人の子に対する愛にしかずというような悟りでも得たのであろうか。

私は、それを見て、どういうわけか「命なりけり小夜の中山――」という西行の歌の句が胸に浮んでしようがない。

鯉魚

一

京都の嵐山の前を流れる大堰川《おおいがわ》には、雅《みや》びた渡月橋が架《かか》っています。その橋の東詰《づめ》に臨川寺《りんせんじ》という寺があります。夢窓国師《むそうこくし》が中興の開山で、開山堂に国師の像が安置してあります。寺の前が直ぐ大堰川の流で「梵鐘《ぼんしょう》は清波を潜《くぐ》って翠巒《すいらん》に響く」という涼しい詩偈《しげ》そのままの境域であります。

開山より何代目か経《た》って、室町時代も末、この寺に三要という僧が住持をしていました。

禅寺では食事のとき、施餓鬼《せがき》のため飯を一箸《はし》ずつ鉢からわきへ取除《とりの》けて置く。これを生飯《さば》と言うが、臨川寺ではこの生飯を川へ捨てる習慣になっていました。すると渡月橋上下六町の間、殺生《せっしょう》禁断になっている川中では、平常から集り棲《す》んでいた魚類が寄って来て生飯を喰べます。毎日の事ですから魚の方ですっかり承知していて、寺の食事の鐘が鳴るともう前の淵《ふち》へ集って来て待っています。

淵の魚へ食後の生飯を持って行って投げ与える役は、沙弥《しゃみ》の昭青年でありました。年は十八。元は公卿《くげ》の出ですが、子供の時から三要の手元に引取られて、坐禅学問を勉強しながら、高貴の客があるときには接待の給仕に出ます。髪はまだ下さないで、金襴《きんらん》、染絹《そめぎぬ》の衣、腺病質《せんびょうしつ》のたちと見え、透き通るばかり青白い肌に、切り込み過ぎたかのようなはっきりした眼鼻立ち、男性的な鋭い美しさを持つ青年でした。寺へ引き取られたこどもの時分から、魚に餌《え》をやりつけているので、魚の主なものは見覚えてしまい、友だちか兄弟のように馴染《なじ》んでしまっていました。

五月の或る日、しぶしぶ雨が降る昼でした。淵の魚はさぞ待っているだろうと、昭青年は網代笠《あじろがさ》を傘の代りにして淵へ生飯を持って行きました。川はすっかり霧で隠れて、やや晴れた方の空に亀山、小倉山の松の梢《こずえ》だけが墨絵になってにじみ出ていました。昭青年がいま水際《みずぎわ》に降りる岩石の階段に片足を下ろしかけたとき、その石の蔭《かげ》になっている岸と水際との間の渚《なぎさ》に、薄紅の色の一かたまりが横たわっているのが眼に入りました。瞳《ひとみ》を凝《こ》らしてよく見ると、それが女の冠るかつぎであることが判《わか》り、それを冠ったまま、娘が一人倒れているのが判りました。昭青年は急いで川砂利《かわじゃり》の上へ飛び下り、娘の傍《そば》へ駈《か》け寄って、抱き起しながら

「どうしたのですか」

と訊《き》くと、娘は力無い声で、昨日から食事をしないので饑《う》えに疲れ、水でも一口飲もうと、やっと渚まで来たが、いつの間にか気が遠くなってしまったというのでした。

「それじゃ、幸い、ここに鯉にやる生飯があります。これでもおあがりなさい」

鉢を差し出してやると、娘は嬉《うれ》しそうに食べ、水を掬《すく》って来て飲ませると、娘はやっと元気を恢復《かいふく》した様子、そこで娘の身元ばなしが始まりました。

応仁《おうにん》の乱は細川勝元、山名宗全の両頭目の死によって一時、中央では小康を得たようなものの、戦禍は却《かえ》って四方へ撒《ま》き散された形となって、今度は地方々々で小競合《こぜりあ》いが始まりました。そこで細川方の領将も、山名方の領将も国元の様子が心配なので取る物も取りあえず京都から引返すという有様。

ここに細川方の幕僚で丹波《たんば》を領している細川下野守教春《しもつけのかみのりはる》も、その数に洩《も》れず、急いで国元へ引返して行きました。教春の一人娘早百合姫《さゆりひめ》は三年前、京都の戦禍がやや鎮《しず》まっていたとき、京都滞陣の父の館《やかた》に呼び寄せられ、まだ十四歳の少女であったが、以来日々、茶の湯、学問、舞、鼓《つづみ》など師匠を取って勉強していました。今年十七の春父が急いで国元へ引返す際、彼は直ぐに騒ぎを打ち鎮めて京へ帰れる見込みで、留守の館には姫の従者として男女一人ずつ残して置きました。もっとも生活費は剰《あま》るほど充分残して行きました。

ところが、それから段々国元の様子が父に不利になって来て、近頃ではまるっきり音沙汰《おとさた》もありません。噂《うわさ》には一族郎党、殆《ほと》んど全滅だとの事です。すると、早百合姫に附添《つきそ》っていた家来の男女は、薄情なもので、両人諜し合せ、館も人手に売渡し、金目のものは残らず浚《さら》って何処《どこ》かへ逃亡してしまいました。両人諜《しめ》し合せ、父の行方《ゆくえ》の心配、都に小娘一人住みの危うさ、遂々《とうとう》姫も決心して国元へ帰ろうと殆んど路銀も持たず唯《ただ》一人、この街道を踏み出して来たのでした。しかし、旅支度さえ充分でない上に直ぐと悪漢達に追いかけられたりして、姫は全く不安と饑《う》えとで、疲れ果ててしまったのでした。

姫は言い終ってさめざめと泣きました。

「折角、救《たす》けて頂いたようなものの、行先の覚束《おぼつか》なさ、途中の難儀、もう一足も踏み出す勇気はございません。いっそこの川へ身を投げて死にとうございます」

またさめざめと泣き続けます。昭青年はこれを聴いて腸《はらわた》を掻《か》き毟《むし》られるような思いをしました。そして彼女を救う一番いい方法は、寺へ頼んで暫《しば》らく国元の様子の判るまで置いて貰《もら》うことだと思いましたが、乱世の慣わし、同じような悲運な事情で寺へ泣付いて来る者が沢山あって、それを一々受容《うけい》れていたのでは寺が堪《たま》りません。まして女人の身、一層都合が悪いのです。寺で断られるのは知れ切ったこと。仕方なく昭青年は言いました。

「まあ、生きておいでなさい。どうにかなりましょう。食事は私が粗末ながら運んで来ますから、しばらくこの辺の何処かに忍んでおいでなさい。人に見付からぬように」

昭青年だとて、先にあてがあるわけではありませんが、差当って今の取り做《な》し方としては、これ以外に無かったのでした。あたりを見廻《みまわ》すと、幸い、苫《とま》で四方を包んだ船がある。将軍が大堰川へ船遊びの際、伴船に使う屋根船で、滅多に人の手に触れません。昭青年は苫を破り分けて早百合姫をその中へ入るよう促しました。姫は左程有難いとも思わぬ様子でしたが、それでも嫌《いや》とは言わず、船の中へ隠れました。そして言いました。

「淋しいから食事の時以外にもなるたけ、ちょいちょい訪ねて来て下さいましね」

二

寺の人達の間にこんな噂が出るようになりました。

「どうもこの頃、昭沙弥は、生飯をやると言っちゃ日に五六遍も、そわそわ川へ行く。あんまり鯉に馴染がつき過ぎて鯉に魅せられたのではないか」

「その癖、淵の鯉は、斎《とき》の鐘を聴いても此頃《このごろ》は集って来んようだ。わしは気を付けて行って見るが確かにそうだ」

「それは変だな」「変だ」「変だ」と噂し合うようになりました。それはその筈《はず》です。折角の生飯も、昭青年は苫船の中の美しい姫にやってしまうので、淵の鯉は、いつも待ち呆《ぼう》けです。終《しま》いには諦《あきら》めて鯉達は斎の鐘に集らなくなりました。噂が耳に入るほど余計に昭青年は用心します。隙《すき》を覗《うかが》い折を見ては苫船へ通います。その度に自分が貰った菓子、果物など、食べた振りをして袖に忍ばせ、姫にそっと持って行ってやります。そうこうするうち日も移って、梅雨もすっかり明けた真夏の頃となりました。片方は十八の青年、片方は十七の乙女《おとめ》。二人は外《げ》界《かい》をみな敵にして秘密の中で出会うのです。自然と恋が芽生えて来たのも当然です。

姫はもう何もかも考えなくなって、ひたすら昭青年の来るのを待ち佗《わ》びている。自分では、ただ頼みにする人、有難い人と思っている積りだが、心の底ではもう恋が成熟しきっている。その証拠には、われ知らず、男の心を試すような我儘《わがまま》を言い出すようにもなりました。

一方、昭青年は早く機会を見付けて何とか始末をしなくては、悟道の妨げにもなるし、姫のためにもよくない。刻々、そう思いながら、その気持ちに自分で自分に言いわけを拵《こしら》えて、ずるずる現状のままを持ち続けています。時には自分で腑甲斐《ふがい》無いと思えば思うほど「ええ、何もかもおしまいだ、姫と駆落でもしてしまおう」こんな反動的な情火がむらむらと起るので、自分ながら危なくて仕様がありません。これはいっそ、そっとこのままにして置いて時の捌《さば》きを待つより仕方がないと、思い諦《あきら》めて、楽しいようなはかないような逢瀬《おうせ》を続けています。

昼過ぎ、昭青年は姫に生飯を持って行って食べさせたあと、二人は川へ向いた苫を少し掻き分けて対岸の景色を眺めていました。蟬時雨《せみしぐれ》は、一しきり盛りになって山の翠《みどり》も揺るるかと思われる喧《やか》ましさ、その上、生憎《あいにく》と風がはたと途絶えてしまったので周囲を密閉した苫船の暑さは蒸されるようです。姫は汗を袂《たもと》で拭《ぬぐ》いながら言いました。

「あたくし、久しく行水しないから、この綺麗《きれい》な水へ入って汗を流したいのよ。あたりに誰もいませんから、あなたも一緒に入って腕に摑《つかま》らしといて下さらない、怖《こわ》いから」

これは難題です。蘆《あし》の葉のそよぎにも息を殺す二人の身の上に取って、このくらい冒険はありません。見付かったら最後、二人はどんな運命になるか判らない。昭青年は戦慄《せんりつ》を覚えながら押し止《とど》めました。

「馬鹿を仰《お》っしゃい。昼日中、そんな危険な事が出来ますか。もし今夜、月が曇りだったら、闇《やみ》を幸い、此処《ここ》へ来て入れてあげましょう。それまで我慢するものです」

けれども姫は自分の云い出したすがすがしい計画から誘惑され、身体がむずがゆくなって一刻の猶予《ゆうよ》もなく河水に浸らねば居られぬ気持ちにせき立てられるのでした。

「あたくしの言う事はどうしても聴いて頂けないの」

姫の切なげな懇願に昭青年は前後のわきまえも無くなって「では」と言って姫を川の中へ連れて入りました。


青春は昔も今も変りません。二人は今の青年男女が野天のプールで泳ぐように、満身に陽を浴びながら水沫《しぶき》を跳ね飛ばして他愛もなく遊んでいます。余りの爽快《そうかい》さに時の経つのも忘れていました。すると、いつの間にか寺の方の岸には僧達が並んで、呆《あき》れた声で騒ぎ出しました。

「昭沙弥じゃないか」

「水中でおなごと戯《たわむ》れとる」

「いやはや言語道断な仕儀だ」

三

僧たちは直ぐ昭青年を掴《つか》まえて、裸のまま方丈へ引立てて行きました。しかし、さすがに僧たちも、裸の姫には手を触れ兼ね、躊躇《ちゅうちょ》している暇に姫はびっくりして苫船の中へ逃げ込み、着物を冠《かぶ》って縮んでいました。

僧たちの訴えを静かに瞑目《めいもく》して聴いていた住持三要は、一々うなずいていましたが最後に、

「判った。だが、昭公が一緒に居たのは確《しか》とおなごかな。鯉魚《りぎょ》をおなごと見誤ったのではないかな」

「そんな馬鹿な間違いが」と、いきり立つ僧を押えて三要は言いました。

「おなごか鯉魚かわしが見んことには判らん。これは一つ昭公と大衆《だいしゅ》と法戦《ほっせん》をして、その対決の上で裁くことにしよう。早速、鐘を打つがよろしい。双方、法堂へ行って支度をしなさい」

三要はこう言ってじろりと昭青年を見ました。もはや諦《あきら》めて既に覚悟の態《てい》であった昭青年が、この眼に出会って思わず心に湧《わ》き出た力がありました。それは自分だけの所罰なら何でもない。しかし、沙弥とは言え、寺門に属する自分を誘惑した罪科として、あのかよわい姫まで罰せられるとも知れない。これは一つ闘おう。その勇気でありました。昭青年は思わず低頭合掌して師を拝しました。その時、もう知らん顔で三要は座を立ち法堂へ急ぐ様子でした。

四

法戦が始まりました。曲彔《きょくろく》に拠《よ》る住持の三要は正面に控え、東側は大衆大勢。西側に昭青年一人。問答の声は段々高くなって行きます。衣の袖《そで》を襷《たすき》に結び上げ、竹篦《しっぺい》を斜《しゃ》に構えた僧も二三人見えます。若《も》し昭青年が一寸《ちょっと》でも言葉に詰まったら、いたく打ちのめし、引き括《くく》って女と一緒に寺門監督の上司へ突出そうと、手ぐすね引いて睨《ね》めつけています。

大衆が入り代り立ち代り問い詰めても、昭青年はただ

「鯉魚《りぎょ》」と答えるだけでした。

「仏子、仏域を穢《けが》すときいかに」

「鯉魚」

「そもさんか、出頭、没溺火坑深裏」

「鯉魚」

「這《しゃ》の田舎奴《でんしゃぬ》、人を瞞《まん》ずること少なからず」

「鯉魚」

「ほとんど腐肉蠅《よう》を来《きた》す」

「鯉魚」

これでは全く問答になっていません。大衆はのっけに打ってかかってもいいような

ものの、昭青年の意気込みには、鯉魚と答える一筋の奥に、男が女一人を全面的に庇《かば》って立った死物狂いの力が籠《こも》っています。大概の野狐禅《やこぜん》では傍へ寄り付けません。大衆は威圧されて思わずたじたじとなります。

そのうち昭青年の心理にも不思議な変化が行われて来ました。はじめ昭青年は、問答に当って禅の古つわものとの論戦に、あれこれ言ったのでは却って言いまくられるであろうから、勝負は時の運に任して、幸い師の三要から暗示《ヒント》を与えられた鯉魚の二字を守って、守り抜こうと決心したのですが、どの問いに対しても鯉魚々々と答えていると、不思議にもその調法さから、いつの間にか鯉魚という万有の片割れにも天地の全理が籠《こも》っているのに気が付いて、脱然《だつぜん》、昭青年の答え振りは活きて来ました。青年は、或《あるい》は「釜中《ふちゅう》の鯉魚」と答え、或は「網を透る金鱗《きんりん》」と答えはするが、竟《つい》に鯉魚あるを知らず、己れに身あるを知らず、眼前に大衆あるを知らずして、問いに対する答えの速《すみや》かなること、応変自由なること、鐘の撞木《しゅもく》に鳴る如《ごと》く、木霊《こだま》の音を返すが如く、活潑《かっぱつ》、轆地《ろくち》の境涯を捉《とら》えました。こうなると大衆は段々黙ってしまって、ただただ驚嘆の眼を瞠《みは》るのです。にっこりと笑った三要は払子《ほっす》を打って法戦終結を告げ、勝負は強いて言わずに、次の言葉を発しました。

「昭公が、いま、別の生涯あるを知ったのは、永い間、生飯《さば》を施した鯉魚の功徳《くどく》の報いだ。昭公に過《あやま》ちがあったのは、わしの不徳の致すところだ。まあ、この辺で事件は落着にして貰いたい」

昭青年はこれを機として落髪して僧となり、別に河辺《かわべ》に鯉魚庵《りぎょあん》を開いて聖胎長養《せいたいちょうよう》に入ったが、将来名器の噂が高い。

恋愛関係に於て一方が悟ってしまったら相手は誠に張合いの無いものとなります。悟るということは、生命の遍満性、流通性を体証したことで、一匹の鯉魚にも天地の全理が含まれるのを知ると同時に、恋愛のみが全人生でなく、そういう一部に分外に滞るべきでないとも知ることです。

そのうちに諭《さと》さなくとも早百合姫は、道に志ある身となって、しかし、これは逆に塵中《じんちゅう》へ引返し、舞いの天才を発揮して京町の名だたる白拍子《しらびょうし》となりました。さす手ひく手の妙《たえ》、面白の振りの中に錆《さ》びた禅味がたゆとうとて珍重されたのは、鯉魚庵の有力な檀越《だんおつ》となって始終、道味聴聞《どうみちようもん》の結果でありました。

この後、住持三要は、間違いがあってはならぬというので、淵の鯉魚へ生飯《さば》を遣《や》る役は老体ながら自分ですることにしました。そこで淵の鯉魚は、再び、斎《とき》の鐘を聴くと寺前の水面に集って待つようになりました。

愚人とその妻

昔有二愚人一。其婦端正。情甚愛重。婦無二直信一後於二中間一共レ他交往。邪婬心盛欲下逐二傍夫一捨中離己婿上。於レ是密語二一老母一言。我去之後。汝可下齎二一死婦女屍一安二著屋中一語二我夫一言上。云我已死。老母於レ後伺二其夫主不在之時一。以二一死屍一置二其家中一。及二其夫還一。老母語言汝婦已死。夫即往視信二是己婦一哀哭懊悩。大藉二薪油一焼取二其骨一。以レ嚢盛レ之昼夜懐挟。婦於二後時一心厭二傍夫一使還二帰家一。語二其夫一言。我是汝妻。夫答レ之言。我婦久死。汝是阿誰妄言二我婦一。乃至二三猶故不レ信。（百喩経）

常眠臚《じょうみんろ》の妻の紅雀《こうじゃく》は夫をとうとう思いきった。

——しょせん、この男には見込みが無い」

紅雀が辛抱したのは三カ年間である。

さすが古い印度のことであるから、「愚」に徹底した者のはなしは幾らもあった。

咽喉《のど》が渇《かわ》いて泉を見つけた男が、たっぷり飲んでしまってもまだ泉の出るのを見て「もう沢山だというのに勿体《もったい》ない」と叱《しか》ったという話はなかでも紅雀には気にいっていた。そしてその話を夫に話して聞かせさえもしたものである。それほど紅雀は一般の愚人というものに対して好感を持っていた。

けれども、わが夫の愚かしさの素質には、根本から同情を持ち兼ねるもののあるのをついに発見した。世の中の愚人は総《すべ》てのことには愚でも女に対しては何処《どこ》か甲斐性《かいしょう》があった。夫にはそれが無い。紅雀は夫と一緒に棲《す》みながら女の心を植えつける素地を夫のどこにも見出《みいだ》せなかった。世の愚人は妻の仕向け方一つで妻のもっとも宜《よ》き反射鏡になれた。常眠驢は女に対して全然感応性を持って生れなかったのであろうか——一人で居ても寂しがらず、二人になっても何の影響もなく、夫婦の間柄は木と石だった。

それでいながら彼にはものの所有欲《よく》だけはあった。だからもし紅雀が思いきって彼に絶縁を申出でても素直に聴き入れぬ事だけは判《わか》っていた。彼は喰べたあとの菴羅果《あんらか》の種子さえ箱に溜《た》めて置くような愚人であった。

夫が窓に頬杖《ほおづえ》ついて、ぼんやり菩提樹《ぼだいじゅ》の梢《こずえ》に一つずつまたは三つ四つ一緒に紺青《こんじょう》の空から浮き出る星を、勘定しているのを、部屋に置いて、紅雀は台所で夕飯の支度をしている常眠驢の母親に相談した。

——何とも申訳ありませんが、暇をお貰《もら》いした方が宜《よ》いように思いまして——」

母親は驚かなかった。

——やっぱりそうなるんだったかね」

と同情深そうに云ってしみじみ嫁の顔を見て、

——あんたの俠気《きょうき》につけ込んで無理に来ては貰ったのだが、重々気の毒とはいつもわたしは思っていたんだから——」

母親は却《かえ》って、ほっとしたような様子をした。

それにしても、ただの離縁で出て行ってしまわれては、あとの騒ぎが母親には恐ろしかった。猫の児一ぴき他所《よそ》へやってさえ、二三日は怒《おこ》り散らしている忰《せがれ》のことだから人間一人居なくなったら、損じられた彼の所有感は、どんな狂暴な発作を起すまいものでも無い。この処置が母親にとっては大問題だった。

とやかくと相談の末、紅雀を急病で死なすことにした。身代り死骸《しがい》は屍陀林《しだりん》にいくらも捨てて抛《ほう》ってある。その同じ年頃の女を拾って来て、紅雀の着物を着せれば宜い。

夕飯を喰ってしまった常眠驢は、燈の下で菩提樹の葉の乾いたのを芭蕉《ばしょう》の葉の表にいろいろの模様に貼《は》って遊んでいた。

昼の炎天で焼けた屋根のほとぼりもさめ、冷々した空気が庭から流れ這入《はい》って来る快さに彼はそのまま床の上にねじれてうたたねしてしまった。真夜中に近い頃彼は、母親に起されたのである。

――来てご覧。おまえ、紅雀が急病で死んでしまったよ」

彼は眼をこすりこすり立って行った。彼を導いて行く母親はさすがに胸を騒がせた。彼女は悴の挙動に眼を離さなかった。

寝室の片隅に水色の帳《とばり》の裾《すそ》を捲《まく》り上げて、臥床《ふしど》が置いてあった。敷布はいつもより白かった。その上に若い女が寝服を着て仰向けに横たわっていた。寝服がいつもよりあでやかに常眠驢の眼に映った。

青葉の色が染《し》みた象牙《ぞうげ》のような皮膚になって一人の女が眼を瞑《つぶ》っていた。取りつけたように眉《まゆ》を描き口紅もぞんざいに濃過ぎて塗ってあるがその女は美しかった。両手を組合した胸にこんもり乳が盛り上っていた。

常眠驢は腰をかがめた。「おい」と声を掛けた。

相手が静まり返っているので一段腰をかがめた。そして今度は「おい」と云いながら身体に手をかけた。母親はあわててこれを止めた。

――死んだんだから動きゃしないよ」

常眠驢は死骸の顔の上へ顔をまともに持って行った。しばらく眺め入っていた。それから冷い手に触って見たり、胸を抑《おさ》えて見たりした。

――紅雀の死顔は随分生きている時と違ったなあ」

母親は気取られるのを恐れて忰を死人の臥床から引離した。急いで帳の幕を垂れ下げた。いかにも名残り惜しそうに立ち去って行く時常眠驢は吐き出すように云った。

――紅雀は死んで好い女になったなあ」

母親は忰と力を協《あわ》せ、偽《にせ》紅雀の葬式を出した。常眠驢はそれ以来すっかり鬱《ふさ》ぎ込んでしまった。


紅雀はその後一人の男と結婚した。彼女の心の底に不思議なものが残っていた。新らしい夫との愛の流れが、直《じか》に流れ合う幸福な生活より、常眠驢との頑石《がんせき》に向ったような生活の方が力強く彼女に想《おも》い出された。彼女の熱情を受けてさえ、心を拓《ひら》き得なかった男のあわれさがしみじみ増して来た。彼女の伎倆《ぎりょう》を以ってさえ心を拓《ひら》き得なかった男にきつい屈辱を感じ出した。利巧で才気ある彼女にやみやみ敗北を取らせた常眠驢の牆壁《しょうへき》のような愚かしさが不可解の力となって一種の英雄を彼の上に認め出して来た。こういう錯綜《さくそう》した感情が彼女をいらだたせ、彼女はその男との平和な生活を破ってまた一人の男と結婚した。しかしここでも常眠驢の謎《なぞ》の魅力は平和な愛よりも彼女の心を捉《とら》えた。

——私は、あの愚人を救ってやらねばならない、それから私はあの男の無礼な無視を破って女としての仕返しをやらねばならない。ああいうのが却って男らしいというものかもしれない。その上噂《うわさ》に聞けば彼は自分の死後を恋い慕っているという話だ」

こういう感情に動かされて、ある夜彼女は三度目の家庭を抜け出した。そして常眠驢の家の裏庭から寝室へ忍び込んだ。

真夜中過ぎになって常眠驢は手燭《てしよく》を持って寝室に這入って来た。彼は物思いにすっかり瘠《や》せてしまった。眼をうつろにして夢遊病者のように臥床へ近づいた。

「——ああ、こうやって、ここへ来てもあのうつくしい紅雀はもう居ないのだ」

そう云いながら彼は臥床の帳を捲くった。彼は毎夜、妻の空《むな》しき臥床に寝てあけ方まで妻の面影をしのぶ習慣になっていた。

「——紅雀は居ますよ。あたし死んだのではありませんよ」

床の中に蹲《うずま》っていた紅雀は起き上って常眠驢の片手に縋《すが》り付いた。そして手を揺《ゆす》りながら口早に絶縁のため偽の紅雀を使ったあらましを話した。そして謝《あやま》りもした。

手燭を紅雀の顔にさしつけてつくづく見入っていた常眠驢は、彼女の手を振り放した。そして苦渋の色を顔一面に見せた。彼はきっぱりと云った。

——違う、お前は紅雀じゃ無い」

紅雀は呆《あき》れてしばらくぼんやりと旧夫を見ていた。もとからの愚かしさに加えて気が錯乱したのかと思った。しかし、暫《しばら》くして彼女は強《し》いても云った。

——紅雀ですとも。ほんとうにあなたの妻の紅雀ですよ。近くよってあたしの眼を見て下さい。あたしの胸の張りようを見て下さい」

——そんなら、其処《そこ》に死んでみろ」

常眠驢は紅雀に指図して紅雀の身代りの若い女の死体があの晩していた通りの形に、仰向けに寝かした。そして彼はそのとき死屍《しし》に向ってした通りに顔を顔に近づけ手に手を触れ胸を撫《な》でた。紅雀は思わずくすっと笑った。

がっかりしたように紅雀から手を放して常眠驢は云った。

——おまえは矢張り紅雀じゃ無い。あの死んだとき俺にびりびりと感じさせたあの紅雀じゃない、俺はもう一度逢《あ》いたいのだ。あれと違う女なんか紅雀と思えない」

愚人が下手な表現でいい悪くそうに洩《に》らす言葉を通して紅雀は不思議なものを見た。

それはこうである。

この愚人は嘗《かつ》てふだんは自分を何とも思っていなかった。自分が死んだという強い衝動に心を揺り動かされ始めて自分の存在に気がついた。しかし、彼に気がつくと同時にもはや憧憬の心理の下にのみ活《い》き得る存在に自分は移し代えられてしまって現実の形の上では自分というものは無くされてしまっている。もし愚人の望みを叶《かな》えようとしてもう一度彼の心を衝《う》つには紅雀は今度は本当に死んで見せねばならなかった。だが彼女は今さら死んで見せたとて彼女の仮の死屍が成功した程に彼の心を衝《つ》くかどうか。恐らくはそれは不可能であろう。

紅雀は自分では男の心に自分を植えつけ得なかった。他の女によって自分を男の心に植えつけた。その植えつけた映像とても自分とはかなり違っている映像だ。そしてその映像の訂正はいくら本ものの自分が努力しても無駄らしい。

紅雀はいいようのない寂しさと絶望の想いに駆られて再び常眠驢の手を握った。その手には一向張りが無かった。紅雀は常眠驢のうつろの眼に見入ってつくづく男の憧憬の心理の中にのみ活きている「今一つの自分」に対して怒りを感じた。

附記。右の創作は経の本意にそのまま添っているかどうかは知らぬ。ただ私は経の本文からヒントを得、その後は自然と発生して行く心理の開展に委《まか》せてついにこの小篇を完了した。

食魔

菊萵苣《きくじさ》と和名はついているが、原名のアンディーヴと呼ぶ方が食通の間には通りがよいようである。その蔬菜《そさい》が姉娘のお千代の手で水洗いされ笊《ざる》で水を切って部屋のまん中の台俎板《まないた》の上に置かれた。

素人《しろうと》の家にしては道具万端整っている料理部屋である。ただ少し手狭のようだ。

若い料理教師の鼈《べっ》四郎は椅子《いす》に踏み反《ぞ》り返り煙草《たばこ》の手を止めて戸外の物音を聞き澄している。外では初冬の風が町の雑音を吹き靡《なび》けている。それは都会の木枯しとでもいえそうな賑《にぎや》かで寂しい音だ。

妹娘のお絹はこどものように、姉のあとについて一々、姉のすることを覗《のぞ》いて来たが、今は台俎板の傍《そば》に立って笊の中の蔬菜を見入る。蔬菜は小柄で、ちょうど白菜を中指の丈《た》けあまりに縮めた形である。しかし胴の肥《ふと》り方の可憐《かれん》で、貴重品の感じがするところは、譬《たと》えば蕗《ふき》の薹《とう》といったような、草の芽株に属するたちの品かともおもえる。

笊の目から滑《したた》った蔬菜の雫《しずく》が、まだ新しい台俎板の面に濡《ぬれ》木の肌の地図を浸《し》み拡《ひろ》げて行く勢いも鈍って来た。その間に、棚や、戸棚や抽出《ひきだ》しから、調理に使いそうな道具と、薬味容《い》れを、おずおず運び出しては台俎板の上に並べていたお千代は、並び終えても動かない料理教師の姿に少し不安になった。自分よりは教師に容易《たやす》く口の利《き》ける妹に、用意万端整ったことを教師に告げよと、目まぜをする。妹は知らん顔をしている。

若い料理教師は、煙草の喫い殻を屑籠《くずかご》の中に投げ込み立上って来た。じろりと台俎板の上を見わたす。これはいらんという道具を二三品、抽《ぬ》き出して台俎板の向う側へ黙って抛《ほう》り出した。

それから、笊の蔬菜を白磁の鉢の中に移した。わざと肩肘《かたひじ》を張るのではないかと思えるほどの横柄《おうへい》な所作は、また荒っぽく無雑作に見えた。教師は左の手で一つの匙《さじ》を、鉢の蔬菜の上へ控えた。塩と胡椒《こしょう》と辛子を入れる。酢《す》を入れる。そうしてから右の手で取上げたフォークの尖《さき》で匙の酢を掻《か》き混ぜる段になると、急に神経質な様子を見せた。狭い匙の中でフォークの尖はミシン機械のように動く。それは卑劣と思えるほど小器用で脇の下がこそばゆくなる。酢の面に縮緬皺《ちりめんじわ》のようなさざなみが果てしもなく立つ。

妹娘のお絹は彼の矛盾にくすりと笑った。鼈四郎は手の働きは止めず眼だけ横眼にじろりと睨《にら》んだ。

姉娘の方が肝が冷えた。

匙の酢は鉢の蔬菜の上へ万遍なく撒《ま》き注がれた。

若い料理教師は、再び鉢の上へ銀の匙を横《よこ》たえ、今度はオレフ油を罎《びん》から注いだ。

「酢の一に対して、油は三の割合」

厳《おごそ》かな宣告のようにこういい放ち、匙で三杯、オレフ油を蔬菜の上に撒き注ぐときには、教師は再び横柄で、無雑作で、冷淡な態度を採上げていた。

およそ和《あ》えものの和え方は、女の化粧と同じで、できるだけ生地《きじ》の新鮮味を損《そこな》わないようにしなければならぬ。掻き交ぜ過ぎた和《あ》えものはお白粉《しろい》を塗りたくった顔と同じで気韻は生動しない。

「揚ものの衣の粉の掻き交ぜ方だって同じことだ」

こんな意味のことを喋《しゃべ》った鼈四郎は、自分のいったことを立証するように、鉢の中の蔬菜を大ざっぱに掻き交ぜた。それでいて蔬菜が底の方からむらなく攪乱《かくらん》されるさまはやはり手馴れの伎倆《ぎりょう》らしかった。

アンディーヴの房茎の群れは白磁の鉢の中に在って油の照りが行わたり、硝子《ガラス》越しの日ざしを鋭く撥《は》ね上げた。

蔬菜の浅黄いろを眼に染《し》ませるように香辛入りの酢が匂《にお》う。それは初冬ながら、もはや早春が訪れでもしたような爽《さわや》かさであった。

鼈四郎は今度は匙をナイフに換えて、蔬菜の群れを鉢の中のまま、ざっと截《き》り捌《さば》いた。

程のよろしき部分の截片を覗《うかが》ってフォークでぐざと刺し取り、

「食って見給え」

と姉娘の前へ突き出した。その態度は物の味の試しを勧めるというより芝居でしれ者が脅《おど》しに突き出す白刃に似ていた。

お千代はおどおどしてしまって胸をあとへ引き、妹へ譲り加減に妹の方へ顔をそ向けた。

「おや。――じゃ、さあ」

鼈四郎はフォークを妹娘の胸さきへ移した。

お絹は滑らかな頸《くび》の奥で、喉頭《のどがしら》をこくりと動かした。煙るような長い睫《まつげ》の間から瞳《ひとみ》を凝《こ》らしてフォークに眼を遣《や》り、瞳の焦点が截片に中《あた》ると同時に、小丸い指尖を出してアンディーヴを撮《つま》み取った。お絹の小隆《こだか》い鼻の、種子の形をした鼻の穴が食慾で拡がった。

アンディーヴの截片はお絹の口の中で慎重に嚙《か》み砕かれた。青酸い滋味が漿液《しょうえき》となり嚥下《えんか》される刹那《せつな》に、あなやと心をうつろにするうまさがお絹の胸をときめかした。物憎いことには、あとの口腔《こうこう》に淡い苦味が二日月《ふつかづき》の影のようにほのかにとどまったことだ。この淡い苦味は、またさっき喰べた昼食の肉の味のしつこい記憶を軽く拭《ふ》き消して、親しみ返せる想《おも》い出にした。アンディーヴの截片はこの効果を起すと共に、それ自身、食べた負担を感ぜしめないほど軟く口の中で尽きた。滓《かす》というほどのものも残らない。

「口惜《くや》しいけれど、おいしいわよ」

お絹は唾液《だえき》がにじんだ脣《くちびる》の角を手の甲でちょっと押えてこういった。

「うまかろう。だから食ものは食ってから、文句をいいなさいというのだ」

鼈四郎の小さい眼が得意そうに輝いた。

「ふだん人に難癖をつける娘も、僕の作った食もののうまさには一言も無いぜ、どうだ参ったか」

鼈四郎は追い討ちしていい放った。

お絹は両袖《りょうそで》を胸へ抱え上げてくるりと若い料理教師に背を向けながら、

「参ったことにしとくわ」

と笑い声で応《う》けた。

ふだん言葉かたき同志の若い料理教師と、妹との間に、これ以上のうるさい口争いもなく、さればといって因縁を深めるような意地の張り合いもなく、あっさり済んでしまったのをみて、お千代はほっとした。安心するとこの姉にも試しに食べてみたい気持がこみ上げて来た。

「じゃ、あたしも一つ食べてみようかしら」

とよそ事のようにいいながら、そっと指尖を鉢に送って小さい截片を一つ撮み取って食べる。

「あら、ほんとにおいしいのね」

眼を空にして、割烹衣《かっぽうぎ》の端で口を拭《ぬぐ》っているときお千代は少し顔を赧《あか》めた。お絹は姉の肩越しに、アンディーヴの鉢を覗き込んだが、

「鼈四郎さん、それ取っといてね、晩のご飯のとき食べるわ」

そういった。

巻煙草を取出していた鼈四郎はこれを聞くと、煙草を口に銜《くわ》えたまま鉢を掴《つか》み上げ臂《ひじ》を伸して屑箱《くずばこ》の中へあけてしまった。

「あらッ！」

「料理だって音楽的のものさ、同じうまみがそう晩までも続くものか、刹那に充実し刹那に消える。そこに料理は最高の芸術だといえる性質があるのだ」

お絹は屑箱の中からまだ覗いているアンディーヴの早春の色を見遣りながら、

「鼈四郎の意地悪る」

と口惜しそうにいった。「おとうさまにいいつけてやるから」と若い料理教師を睨《にら》んだ。お千代も黙ってはいられない気がして妹の肩へ手を置いて、お交際《つきあ》いに睨んだ。令嬢たちの四つの瞳を受けて、鼈四郎はさすがに眩《まぶ》しいらしく小さい眼をしばたたいて伏せた。態度はいよいよ傲慢《ごうまん》に、肩肘張って口の煙草にマッチで火をつけてから、

「そんなに食ってみたいのなら、晩に自分たちで作って食いなさい。それも今のものそっくりの模倣じゃいかんよ。何か自分の工夫を加えて、——料理だって独創が肝心だ」

まだ中に蔬菜が残っている紙袋をお絹の前の台俎板へ抛《ほう》り出した。

これといって学歴も無い素人《しろうと》出の料理教師が、なにかにつけて理窟《りくつ》を捏《こ》ね芸術家振りたがるのは片腹痛い。だがこの青年が身も魂も食ものに殉じていることは確だ。若い身空で女の襷《たすき》をして漬物樽《だる》の糠《ぬか》加減を弄《いじ》っている姿なぞは頼まれてもできる芸ではない。生れつき飛び離れた食辛棒なのだろうか、それとも意趣があって懸命にこの本

能に縋《すが》り通して行こうとしているのか。

お絹のこころに鼈四郎がいい捨てた言葉の切れ端が蘇《よみがえ》って来る。「世は遷《うつ》り人は代るが、人間の食意地は変らない」「食ものぐらい正直なものはない、うまいかまずいかすぐ判《わか》る」「うまさということは神秘だ」――それは人間の他の本能とその対象物との間の魅力に就てもいえることなのだが、鼈四郎がいうとき特にこの一味だけがそれであるように受取らせる。ひょっとしたらこの青年は性情の片端者なのではあるまいか。他の性情や感覚や才能まで、その芽を捥《も》ぎ取られ、いのちは止《や》むなく食味の一方に育ち上った。鼈四郎が料理をしてみせるとき味利《あじき》きということをしたことが無い。身体全体が舌の代表となっていて、料理の所作の順序、運び、拍子、そんなもののカンから味の調不調の結果がひとりでに見分けられるらしい。食欲だけ取立てられて人類の文化に寄与すべく運命付けられた畸《き》形《けい》な天才。天才は大概片端者だという。そういえばこの端麗な美青年にも愚かしいものの持つ美しさがあって、それが素焼の壺《つぼ》とも造花とも感じさせる。情慾が食気にだけ偏《かたよ》ってしまって普通の人情に及ぼさないためかしらん。

一ばん口数を利く妹娘のお絹がこんな考えに耽《ふけ》ってしまっていると、もはや三人の間には形の上の繋《つな》がりがなく、鼈四郎はしきりに煙草の煙を吹き上げては椅子に踏み反《ぞ》って行くだけ、姉娘のお千代は、居竦《いすく》まされる辛《つら》さに堪えないというふうにこそこそ料理道具の後片付けをしている。一しきり風が窓硝子に砂ほこりを吹き当てる音が極《きわ》立《だ》つ。

「天才にしても―」とお絹はひとり言のようにいった。

「男の癖にお料理がうまいなんて、ずいぶん下卑《げび》た天才だわよ」

と鼈四郎の顔を見ていった。

それから溜《たま》ったものを吐き出すように、続けさまに笑った。

鼈四郎はむっとしてお絹の方を見たが、こみ上げるものを飲み込んでしまったらしい。

「さあ、帰るかな」

としょんぼり立上ると、ストーヴの角に置いた帽子を取ると送りに立った姉娘に向い、

「きょうは、おとうさんに会ってかないからよろしくって、いっといてくれ給《たま》え」

といって御用聞きの出入り口から出て行った。

靴の裏と大地の堅さとの間に、さりさり砂ほこりが感じられる初冬の町を歩るいて

鼈四郎は自宅へ帰りかかった。姉妹の娘に料理を教えに行く荒木家蛍雪館《けいせつかん》のある芝の愛宕台《あたごだい》と自宅のある京橋区の中橋広小路との間に相当の距離はあるのだが、彼は最寄《もより》の電車筋へも出ずゆっくり歩るいて行った。一つは電車賃さえ倹約の身の上だが、急いで用も無い身体である。もう一つの理由はトンネル横町と呼ばれる変った巷路《こうじ》を通りたいためでもある。

いずれは明治初期の早急な洋物輸入熱の名残りであろう。街の小道の上に煉瓦積《れんがづ》みのトンネルが幅広く架け渡され、その上は二階家のようにして住んでいるらしい。瓦《かわら》屋根の下の壁に切ってある横窓からはこどもの着ものなど、竹竿《たけざお》で干し出されているのをときどき見受ける。

鼠色の瓦屋根も、黄土色の壁も、トンネルの紅色の煉瓦も、燻《いぶ》されまた晒《さら》されて、すっかり原色を失い、これを舌の風味にしたなら裸麦で作った黒パンの感じだと鼈四郎はいつも思う。そしてこの性を抜いた豪華の空骸《なきがら》に向け、左右から両側になって取り付いている二階建の小さい長屋は、そのくすんだねばねばした感じから鶫《つぐみ》の腸《わた》の塩辛のようにも思う。鼈四郎はあたりの風趣を強いて食味に飜訳《ほんやく》して味わうのではないが、ここへ彼は来ると、裸麦の匂いや、鶫の腸にまで染《し》みている木の実の匂いがひとりでにした。佐久間町の大銀杏《いちょう》が長屋を掠《かす》めて箒《ほうき》のように見える。

彼はこの横町に入り、トンネルを抜け横町が尽きて、やや広い通りに折れ曲るまでの間は自分の数奇の生立ちや、燃え盛る野心や、ままならぬ浮世や、癪《しゃく》に触る現在の境遇をしばし忘れて、靉靆《あいたい》とした気持になれた。それはこの上堕《お》ちようもない世の底に身を置く泰《やす》らかさと現実離れのした高貴性に魂を提《ひっさ》げられる思いとが一つに中和していた。これを佗《わ》びとでもいうのかしらんと鼈四郎は考える。この巷路を通り抜ける間は、姿形に現れるほども彼は自分が素直な人間になっているのを意識するのであった。ならば振り戻って、もう一度トンネルを潜《くぐ》ることによって、靉靆とした意識に浸り還《かえ》せるかというと、そうはゆかなかった。感銘は一度限りであった。引き返してトンネル横町を徘徊《はいかい》してもただ汚らしく和洋蕪雑《ぶざつ》に混っている擬《まが》いものの感じのする街に過ぎなかった。それゆえ彼は、蛍雪館へ教えに通う往《ゆ》き来のどちらかにだけ日に一度通り過ぎた。

土橋を渡って、西仲通りに歩るきかかるとちらほら町には灯が入って来た。鼈四郎はそこから中橋広小路の自宅までの僅《わずか》な道程を不自然な曲り方をして歩るいた。表通りへ出てみたりまた横町へ折れ戻り、そして露路の中へ切れ込んだりした。彼が覗《のぞ》き込む要所々々には必ず大小の食いもの屋の店先があった。彼はそれ等の店先を通りかかりながら、店々が今宵《こよい》、どんな品を特品に用意して客を牽《ひ》き付けようとしているかを、じろりと見検《みあらた》めるのだった。

ある店では、紋のついた油障子の蔭《かげ》から、赤い蟹《かに》や大粒の蛤《はまぐり》を表に見せていた。ある店では、ショウウィンドーの中に、焼串《やきぐし》に鴫《しぎ》を刺して赤蕪《あかかぶ》や和蘭芹《オランダぜり》と一しょに皿に並べてあった。

「どこも、ここも、相変らず月並なものばかり仕込んでやがる。智慧《ちえ》のない奴等ばかりだ」

鼈四郎は、こう呟《つぶや》くと、歯《は》痒《がゆ》いような、また得意の色があった。そしてもし自分ならば、――と胸で、季節の食品月令から意表で恰好《かっこう》の品々を物色してみるのだった。

彼の姿を見かけると、食もの屋の家の中から声がかけられるのであった。

「やあ、先生寄ってらっしゃい」

けれども、その挨拶《あいさつ》振りは義理か、通り一遍のものだった。どの店の人間も彼の当《あて》身《み》の多い講釈には参らされていた。

「寄ってらっしゃいたって、僕が食うようなものはありゃしないじゃないか」

「そりゃどうせ、しがない垂簾《のれん》の食もの屋ですからねえ」

こんな応対で通り過ぎてしまう店先が多かった。無学を見透されまいと、嵩《かさ》にかかって人に立向う癖が彼についてしまっている。それはやがて敬遠される基と彼は知りながら自分でどうしようもなかった。彼は寂しく自宅へ近付いて行った。

表通りの呉服屋と畳表問屋の間の狭い露路の溝板《どぶいた》へ足を踏みかけると、幽《かす》かな音で溝板の上に弾《は》ねているこまかいものの気配いがする。暗くなった夜空を振り仰ぐと古帽子の鍔《つば》を外ずれてまたこまかいものが冷たく顔を撫《な》でる。「もう霰《あられ》が降るのか」彼は一瞬の間に、伯母から令押被《おっかぶせ》の平凡な妻と小児を抱えて貧しく暮している現在の境遇の行体《ぎょうたい》が胸に泛《うか》び上った。いま二足三足の足の運びで、それを面《ま》のあたりに見なければならない運命を思うと髷四郎は、うんざりするより憤怒の情が胸にこみ上げて来た。ふと蛍雪館の妹娘のお絹の姿が俤《おもかげ》に浮ぶ。いつも軽蔑《けいべつ》した顔をして冷淡につけつけものをいい、それでいて自分に肌目《きめ》のこまかい、しなやかで寂しくも調子の高い、文字では書けない若い詩を夢見させてくれる不思議な存在なのだ。

「なんだって、自分はあんなに好きなお絹と一しょになり、好きな生活のできる富裕な邸宅に住めないのだろう。人間に好くという慾を植えつけて置きながら、その慾の欲しがるものを真っ直ぐには与えない。誰だか知らないが、世界を慥《こしら》えた奴はいやな奴だ」

その憤懣《ふんまん》を抱いて敷居を跨《また》ぐのだったから、家へ上って行くときの声は抉《えぐ》るような意地悪さを帯びていた。

「おい。ビール、取っといたか。忘れやしまいな」

こどもに向き合い、五燭《しょく》の電燈の下で、こどもに一箸《ひとはし》、自分が二箸というふうにして夕飯をしたためていた妻の逸子は、自分の口の中のものを見悟られまいとするように周章《あわ》てて嚥《の》み下した。口を袖で押えて駆け出して来た。

「お帰りなさいまし。篤《あつし》がお腹が減ったってあんまり泣くものですから、ご飯を食べさせていましたので、つい気がつきませんでして、済みません」

いいつつ奥歯と頬の間に挟《はさま》った嚥み残しのものを、口の奥で仕末している。

「ビールを取っといたかと訊《き》くんだ」

「はいはい」

逸子は、握り箸の篤を、そのまま斜に背中へ抛り上げて負《おぶ》うと、霰《あられ》の溝板を下駄で踏み鳴らして東仲通りの酒屋までビールを誂《あつら》えに行った。

もう一突きで、カッとなるか涙をぽろっと滴《こぼ》すかの悲惨な界《さかい》の気持にまで追い込められた硬直の表情で、鼈四郎はチャブ台の前に胡坐《あぐら》をかいた。チャブ台の上は少しばかりの皿小鉢が散らされ抛り置かれた飯茶碗から飯は傾いてこぼれている。五燭の灯の下にぼんやり照し出される憐《あわ》れな狼藉《ろうぜき》の有様は、何か動物が生命を繋《つな》ぐことのために僅かなものを必死と食い貪《むさぼ》る途中を闖入《ちんにゅう》者のために追い退《の》けられた跡とも見える。

「浅ましい」

鼈四郎は吐くようにこういって腕組をした。

この市隠荘はお絹等姉妹の父で漢学者の荒木蛍雪が、中橋の表通りに画帖《がちょう》や拓本を売る蛍雪館の店を開いていた時分に、店の家が狭いところから、斜向うのこの露路内に売家が出たのを幸、買取って手入れをし寝泊りしたものである。ちょっとした庭もあり、十二畳の本座敷なぞは唐木が使ってある床の間があって瀟洒《しょうしゃ》としている。蛍雪はその後、漢和の辞典なぞ作ったものが当り、利殖の才もあってだんだん富裕になった。表通りの店は人に譲り邸宅を芝の愛宕山の見晴しの台に普請《ふしん》し、蛍雪館の名もその方へ持って行った。露地内の市隠荘はしばらく戸を閉めたままであったのを、鼈四郎が蛍雪に取入り、荒木家の抱えのようになったので、蛍雪は鼈四郎にこの市隠荘を月々僅な生活費を添えて貸与えた。但《ただ》し条件附《つき》であった。掃除をよくすること、本座敷は滅多に使わぬこと――。それゆえ、鼈四郎夫妻は次の間の六畳を常の住いに宛てているのであった。一昨年の秋、夫妻にこどもが生れると蛍雪は家が汚《よご》れるといって嫌《いや》な顔をした。

「ちっとばかりの宛がい扶持《ぶち》で、勝手な熱を吹く。いずれ一泡《あわ》吹かしてやらなきゃ」

それかといって、急にさしたる工夫もない。そんなことを考えるほど眼の前をみじめなものに感じさすだけだった。

鼈四郎は舌打ちして、またもとのチャブ台へ首を振り向けた。懐手《ふところで》をして掌を宛てている胃拡張の胃が、鳩尾《みぞおち》のあたりでぐうぐうと鳴った。

「うちの奴等、何を食ってやがったんだろう」

浅い皿の上から甘藷《かんしょ》の煮ころばしが飯粒をつけて転げ出している。

「なんだ、いもを食ってやがる。貧弱な奴等だ」

鼈四郎は、軽蔑し切った顔をしたけれども、ふだん家族のものには廉価《れんか》なものしか食べることを許さぬ彼は、家族が自分の掟《おきて》通りにしていることに、いくらか気を取直したらしい。

「ふ、ふ、ふ、いもをどんな煮方をして食ってやがるだろう。一つ試してみてやれ」

彼は甘藷についてる飯粒を振り払い、ぱくんと開いた口の中へ抛《ほう》り込んだ。それは案外上手に煮えていた。

「こりゃ、うまいや、ばかにしとらい」

鼈四郎は、何ともいいようのない擽《くすぐ》ったいような顔をした。

霰を前髪のうしろに溜《た》めて逸子が帰って来た。こどもを支えない方の手で提《さ》げて来たビール壜《びん》を二本差出した。

「さし当ってこれだけ持って参りました。あとは小僧さんが届けてくれるそうでございますわ」

䲔四郎はつねづね妻にいい含めて置いた。一本のビールを飲もうとするときにはあとに三本の用意をせよ。かかる用意あってはじめて、自分は無制限と豪快の気持で、その一本を飲み干すことができる。一本を飲もうとするときに一本こっきりでは、その限数が気になり伸々した気持でその一本すら分量の値打ちだけに飲み足らうことができない。結局損な飲ませ方なのだ。壜詰のビールなぞというものは腐るものではないから余計とって置いて差支えない。よろしく気持の上の後詰《ごづめ》の分として余分の本数をとって置くべきであると。いま、逸子が酒屋へのビールの註文《ちゆうもん》の仕方は、䲔四郎のふだんのいい含めの旨《むね》に叶《かな》うものであった。

「よしよし」と䲔四郎はいった。

彼は妻に、本座敷へ彼の夕食の席を設けることを命じた。これは珍しいことだった。妻は、

「もし、ひょっとして汚しちゃ、悪かございません？」と一応念を押してみたが、良人《おつと》は眉《まゆ》をぴくりと動かしただけで返事をしなかった。この上機嫌を損じてはと、逸

子は子供を紐《ひも》で負い替え本座敷の支度にかかった。

畳の上には汚れ除《よ》けの渋紙が敷き詰めてある、屏風《びょうぶ》や長押《なげし》の額、床の置ものにまで塵除《ちりよ》けの布ぶくろが冠《かぶ》せてある。まるで座敷の中の調度が、住む自分等を異人種に取扱い、見られるのも触れられるのも冒瀆《ぼうとく》として、極力、防避を申合せてるようであった。こうしてから自分等に家を貸し与えた持主の蛍雪の非人情をまざまざ見せつけられるようで、逸子には憎々しかった。

彼女は復讐《ふくしゅう》の小気味よさを感じながらこれ等の覆《おお》いものを悉《ことごと》く剝《は》ぎ取った。子供の眼鼻に塵の入らぬよう手拭《てぬぐい》を冠せといて座敷の中をざっと叩《はた》いたり掃いたりした。何かしら今夜の良人の気分を察するところがあって、電燈も五十燭の球につけ替えた。明煌々《こうこう》と照り輝く座敷の中に立ち、あたりを見廻《みまわ》すと、逸子も久振りに気も晴々となった。しかし臆《おく》し心の逸子はやはり家の持主に対して内証の隠事をしている気持が出て来て、永くは見廻していられなかった。彼女は座布団を置き、傍にビール罎を置くと次の茶の間に引下りそこで中断された母子の夕飯を食べ続けた。

この間台所で賑《にぎ》やかな物音を立て何か支度をしていた鼈四郎は、襖《ふすま》を開けて陶器鍋《なべ》のかかった焜炉《こんろ》を持ち出した。白いものの山型に盛られている壺と、茶色の塊《かたまり》が入っている鉢と白いものの横たわっている皿と香のものと配置よろしき塗膳《ぬりぜん》を持出した。

醬油注ぎ、手塩皿、ちりれんげ、なぞの載っている盆を持出した。四度目にビールの栓抜きとコップを、ちょうど士《さむらい》が座敷に入るとき片手で提《さ》げるような形式張った肘《ひじ》の張り方で持出すと、洋服の腰に巻いていた妙な覆い布を剝ぎ去って台所へ抛り込んだ。襖を閉め切ると、座敷を歩み過し縁側のところまで来て硝子《ガラス》障子を明け放した。闇《やみ》の庭は電燭の光りに、小さな築山や池のおも影を薄肉彫刻のように浮出させ、その表を僅な霰が縦に掠《かす》めて落ちている。幸に風が無いので、寒いだけ室内の焜炉の火も、火鉢の火も穏かだった。

彼は座布団の上に胡坐《あぐら》を搔《か》くと、ビール罎に手をかけ、にこにこしながら壁越しに向っていった。

「おい、頼むから今夜は子供を泣かしなさんな」

彼は、ビールの最初のコップに口をつけこくこくこく飲み干した。掌で唇の泡を拭い払うと、さも甘《うま》そうにうえーと噯気《おくび》を吐いた。その誇張した味い方は落語家の所作を真似をして遊んでいるようにも妻の逸子には壁越しに取れた。

彼は次に、焜炉にかけた陶器鍋の蓋《ふた》に手をかけ、やあっと掛声してその蓋を高く擡《もた》げた。大根の茹《ゆだ》った匂《にお》いが、汁の煮出しの匂いと共に湯気を上げた。

「細工はりゅうりゅう、手並をごろうじろ」

と彼は抑揚をつけていったが、蓋の熱さに堪えなかったものと見え、ち、ちちちといって、蓋を急ぎ下に置いた様子も、逸子には壁越しに察せられた。じかに置いたらしい蓋の雫《しずく》で、畳が損ぜられやしないか？　ひやりとした懸念《けねん》を押しのけて、逸子におかしさがこみ上げた。彼女はくすりと笑った。世間からは傲慢《ごうまん》一方の人間に、また自分たち家族に対しては暴君《タイラント》の良人《おっと》が、食物に係《かかわ》っているときだけ、温順《おとな》しく無邪気で子供のようでもある。何となくいじらしい気持が湧《わ》くのを泣かさぬよう添寝をして寝かしつけている子供の上に被《かつ》けた。彼女は子供のちゃんちゃんこ着ものの間に手をさし入れて子供を引寄せた。寝つきかかっている子供の身体は性なく軟かに、ほっこり温かだった。

本座敷で鼈四郎は、大根料理を肴《さかな》にビールを飲み進んで行った。材料は、厨《くりや》で僅に見出した、しかも平凡な練馬大根一本に過ぎないのだが、彼はこれを一汁三菜の膳組に従って調理し、品附した。すなわち鱠《なます》には大根を卸しにし、煮物には大根を輪切にしたものを鰹節《かつおぶし》で煮てこれに宛《あ》てた。焼物皿には大根を小魚の形に刻んで載せてあった。鍋は汁の代りになる。

かくて一汁三菜の献立は彼に於《おい》て完《まっと》うしたつもりである。彼には何か意固地なものがあった。富贍《ふせん》な食品にぶつかったときはひと種《いろ》で満足するが、貧寒な品にぶつかったときは形式美を欲した。彼は明治初期に文明開化の評論家であり、後に九代目団十郎のための劇作家となった桜痴居士《おうちこじ》福地源一郎の生活態度を聞知っていた。この旗本出で江戸っ子の作者は、極貧の中に在って客に食事を供するときには家の粗末な惣菜《そうざい》のものにしろ、これを必ず一汁三菜の膳組の様式に盛り整えた。従って焼物には塩鮭《しおざけ》の切身なぞもしばしば使われたという。

彼は料理に関係する実話や逸話を、諸方の料理人に、例の高飛車な教え方をする間に、聞出して、いくつとなく耳学問に貯える。何かという場合にはその知識に加担を頼んで工夫し出した。彼は独創よりもどっちかというと記憶のよい人間だった。

彼は形式通り膳組されている膳を眺めながら、ビールの合の手に鍋の大根のちりを喰べ進んで行った。この料理に就ても、彼には基礎の知識があった。これは西園寺陶《さいおんじとう》庵《あん》公が好まれる食品だということであった。彼は人伝《ひとづ》てにこの事を聞いたとき、政治家の傍《かたわら》、あれだけの趣味人である老公が、舌に於て最後に到り付く食味はそんな簡単なものであるのか。それは思いがけない気もしたが、しかし肯《うなず》かせるところのある思いがけなさでもあった。そして彼には、いわゆる偉い人が好んだという食品はぜひ自分も一度は味ってみようという念願があった。それは一方彼の英雄主義の現われであり、一方偉い人の探索でもあった。その人が好くという食品を味ってみて、その人がどんな人であるかを溯《さかのぼ》り知り当てることは、もっとも正直で容易《たやす》い人物鑑識法のように彼には思えた。

鍋の煮出し汁は、兼て貯《たくわ》えの彼特製の野菜のエキスで調味されてあった。大根は初冬に入り肥えかかっていた。七つ八つの泡によって鍋底から浮上り漂う銀杏《いちょう》形の片《き》れの中で、ほど良しと思うものを彼は箸《はし》で選み上げた。手塩皿の溜《たま》り醤油に片れの一角を浸し熱さを吹いては喰べた。

生《き》で純で、自然の質そのものだけの持つ謙遜《けんそん》な滋味が片れを口の中へ入れる度びに脆《もろ》く柔く溶けた。大まかな菜根の匂いがする。それは案外、甘いものであった。

「成程なア」

彼は、感歎《かんたん》して独り言をいった。

彼は盛に煮上って来るのを、今度は立て続けに吹きもて食べた。それは食べるというよりは、吸い取るという恰好《かっこう》に近かった。土鼠《もぐら》が食い耽《ふけ》る飽くなき態があった。

その間、たまに彼は箸を、大根卸しの壺に差出したが、ついに煮大根の鉢にはつけなかった。

食い終って一通り堪能《たんのう》したと見え、彼は焜炉の口を閉めはじめて霰《あられ》の庭を眺め遣《や》った。

あまり酒に強くない彼は胡坐の左の膝《ひざ》に左の肘を突立て、もう上体をふらふらさしていた。噯気をしきりに吐くのは、もはや景気付けではなく、胃拡張の胃壁の遅緩が、飲食したものの刺激に遭いうねり戻す本ものののものだった。ときどき甘苦い粘塊が口中へ噎《む》せ上って来る。その中には大根の片れの生嚙《なまか》みのものも混っている。彼は食後には必ず、この噯気をやり、そして、人前をも憚《はばか》らず反芻《はんすう》する癖があった。壁越しに聞いている逸子は「また、始めた」と浅ましく思う。家庭の食後にそれをする父を見慣れて、こどもの篤が真似て仕方が無いからであった。

噯気は不快だったが、その不快を克服するため、なおもビールを飲み煙草《たばこ》を喫うところに、身体に非現実な美しい不安が起る。「このとき、僕は、人並の気持になれるらしい。妻も子も可愛《かわい》がれる――」彼はこんなことを逸子によくいう。逸子は寝かしついた子供に布団を重ねて掛けてやりながら、「すると、そのとき以外は、良人に蛍雪が綽名《あだな》に付けたその鼈《すっぽん》のような動物の気持でいるのかしらん」と疑う。

鼈《べっ》四郎は、煙草を喫いながら、彼のいう人並の気持になって、霰の庭を味っていた。時刻は夜に入り闇の深まりも増したかに感ぜられる。庭の構《かこ》いの板塀は見えないで、無限に地平に抜けている目途の闇が感じられる。小さな築山と木枝の茂みや、池と庭草は、電燈の光は受けても薄板金で張ったり、針金で輪廓《りんかく》を取ったりした小さなセットにしか見えない。呑《の》むことだけして吐くことを知らない闇。もし人間が、こんな怖《おそ》ろしい暗くて鈍感な無限の消化力のようなものに捉《とら》えられたとしたならどうだろう。泣いても喚《おめ》き叫んでも、追付かない。そして身体は毛氈苔《もうせんごけ》に粘られた小虫のように、徐々に溶かされて行く。溶かされるのを知りつつ、何と術《すべ》もなく、じーじー鳴きながら捉えられている。永遠に――。鼈四郎はときどき死ということを想《おも》い見ないことはない。彼が生み付けられた自分でも仕末に終えない激しいものを、せめて世間に理解して貰《もら》おうと彼は世間にうち衝《つか》って行く。世間は他人《ひと》ごとどころではないと素気なく弾《は》ね返す。彼はいきり立ち武者振りついて行く。気狂《きちが》い染《じ》みているとて今度は体を更《か》わされる。あの手この手。彼は世間から拒絶されて心身の髄に重苦しくてしかも薄痒《うすがゆ》い疼《うず》きが残るだけの性抜きに草臥《くたび》れ果てたとき、彼は死を想い見るのだった。それはすべてを清算してくれるものであった。想い見た死に身を横えるとき、自分の生を眺め返せば「あれは、まず、あれだけのもの」と、あっさり諦《あきら》められた。潔《いさぎよ》い苦笑が唇に泛《うか》べられた。かかる死を時せつ想い見ないで、なんで自分のような激しい人間が三十に手の届く年齢にまでこの世に生き永らえて来られようぞと彼は思う。

生を顧みて「あれは、まず、あれだけのもの」と諦めさすところの彼が想い見た死はまた、生をそう想い諦めさすことによってそれ自らを至って性の軽いものにした。

生が「あれは、まず、あれだけのもの」としたなら、死もまた「これは、まず、これだけのもの」に過ぎなかった。彼は衒学的《げんがく》な口を利《き》くことを好むが、彼には深い思惟《しい》の素養も脳力も無い筈《はず》である。

これは全く押し詰められた体験の感じから来たもので、それだけにまた、動かぬものであった。彼は少青年の頃まで、拓本の職工をしていたことがあるが、その拓本中に往々出て来る死生一如とか、人生一泡滓《ほうさい》とかいう文字をこの感じに於て解していた。それ故《ゆえ》にこそ、とどのつまりは「うまいものでも食って」ということになった。世間に肩肘張って暮すのもそう大儀な芝居でもなかった。

だが、今宵《こよい》の闇の深さ、粘っこさ、それはなかなか自分の感じ捉えた死などという潔く諦めよいものとは違っていて、不思議な力に充《み》ちている。絶望の空虚と、残忍な愛とが一つになっていて、捉えたものは嘗《な》め溶し溶し尽きたら、また、原形に生み戻し、また嘗め溶す作業を永遠に、繰返さでは満足しない執拗《しつよう》さを持っている。こんな力が世の中に在るのか。鼈四郎は、今まで、いろいろの食品を貪《むさぼ》り味ってみて、一つの食品というものには、意志と力があってかくなりわい出たもののように感じていた。押拡《おしひろ》げて食品以外の事物にも、何かの種類の意味で味いというものを帯びている以上、それがあるように思われている。だが、今宵の闇の味い！　これほど無窮無限と繰返しを象徴しているものは無かった。人間が虫の好く好物を食べても食べても食べ飽きた気持がしたことはない。あの虫の好きと一路通ずるものがありはしないか。

これは天地の食慾とでもいうものではないかしらん。これに較《くら》べると人間の食慾なんて高が知れている。

「しまった」と彼は呟《つぶや》いてみた。

彼は久振りで、自分の嫌な過去の生い立ちを点検してみた。

京都の由緒《ゆいしょ》ある大きな寺のひとり子に生れ幼くして父を失った。母親は内縁の若い後妻で入籍して無かったし、寺には寺で法縁上の紛擾《ふんじょう》があり、寺の後董《ごとう》は思いがけない他所《よそ》の方から来てしまった。親子のものはほとんど裸同様で寺を追出される形となった。これみな恬澹《てんたん》な名僧といわれた父親の世務をうるさがる性癖から来た結果だが、母親はどういうものか父を恨まなかった。

「なにしろこどものような方だったから罪はない」そしてたった一つの遺言ともいうべき彼が誕生したときいったという父の言葉を伝えた。「この子がもし物ごころがつく時分わしも老齢じゃから死んどるかも知れん。それで苦労して、なんでこんな苦しい娑婆《しゃば》に頼みもせんのに生み付けたのだと親を恨むかも知れん。だがそのときはいってやりなさい。こっちとて同じことだ、何で頼みもせんのに親に苦労をかけるようなこの苦しい娑婆に生れて出て来なすったのだ、お互いさまだ、と」この言葉はとても薄情にとれた、しかし薄情だけでは片付けられない妙な響が鼈四郎の心に残された。

はじめは寺の弟子たちも故師の遺族に恩を返すため順番にめいめいの持寺に引取って世話をした。しかしそれは永く続かなかった。どの寺にも寄食人《かかりゅうど》を息詰らす家族というものがあった。最後に厄介になったのは父の碁敵《ごがたき》であった拓本職人の老人の家だった。貧しいが鰥《やもめ》暮しなので気は楽だった。母親は老人の家の煮《に》炊《た》き洗濯の面倒を見てやり、彼はちょうど高等小学も卒業したので老人の元に法帖《ほうじょう》造りの職人として仕込まれることになった。老人は変り者だった、碁を打ちに出るときは数日も家に帰らないが、それよりも春秋の頃おい小学校の運動会が始り出すと、彼はほとんど毎日家に居なかった。京都の市中や近郊で催されるそれを漁《あさ》り尋ね見物して来るのだった。「今日の某小学校の遊戯はよく手が揃《そろ》った」とか、「今日の某小学校の駈足《かけあし》競争で、今までにない早い足の子がいた」とか噂《うわさ》して悦《よろこ》んでいた。

その留守の間、彼は糊臭《のりくさ》い仕事場で、法帖作りをやっているのだが、墨色に多少の変化こそあれ蟬翅《せんし》搨《とう》といったところで烏《う》金搨《きんとう》といったところで再び生物の上には戻って来ぬ過去そのものを色にしたような悲情な黒に過ぎない。その黒へもって行って寒白い空閑を抜いて浮出す拓本の字劃《じかく》というものは少年の鼈四郎にとってまたあまりに寂しいものであった。「雨降りあとじゃ、川へいて、雑魚《ざこ》など、取って来なはれ、あんじょ、おいしゅう煮て、食べまひょ」継ものをしていた母親がいった。鼈四郎は笊《ざる》を持って堤を越え川へ下りて行く。

その頃まだ加茂川にも小魚がいた。季節々々によって、鮴《ごり》、川鯊《かわはぜ》、鮠《はえ》、雨降り揚句には鮒《ふな》や鰻《うなぎ》も浮出てとんだ獲《え》ものもあった。こちらの河原には近所の一群がすでに漁《あさ》り騒いでいる。むこうの土手では摘草の一家族が水ぎわまでも摘み下りている。鞍馬《くらま》へ岐《わか》れ路の堤の辺には日傘をさした人影も増《ふ》えている。境遇に負けて人臆《ひとおく》れのする少年であった鼈四郎は、これ等の人気《ひとけ》を避けて、土手の屈曲の影になる川の枝流れに、芽出し柳の参差《しんし》を盾に、姿を隠すようにして漁った。すみれ草が甘く匂《にお》う。糺《ただす》の森がぼーっと霞《かす》んで見えなくなる。おや自分は泣いてるなと思って眼瞼《まぶた》を閉じてみると、雫《しずく》の玉がブリキ屑《くず》に落ちたかしてぽとんという音がした。器用な彼はそれでも少しの間に一握りほどの雑魚《ざこ》を漁り得る。持って帰ると母親はそれを巧に煮て、春先の夕暮のうす明りで他人の家の留守を預りながら母子二人だけの夕餉《ゆうげ》をしたためるのであった。

母親は身の上の素姓を息子に語るのを好まなかった。ただ彼女は食べ意地だけは張っていて、朝からでも少しのおなまぐさが無ければ飯の箸《はし》は取れなかった。それの言訳のように彼女はこういった「なんしい、食べ辛棒の土地で気儘《きまま》放題に育てられたもんやて！」

蓜四郎は母親の素姓を僅《わずか》に他人から聞き貯めることが出来た。大阪船場《せんば》目ぬきの場所にある旧舗《しにせ》の主人で蓜四郎の父へ深く帰依《きえ》していた信徒があった。不思議な不幸続きで、店は潰《つぶ》れ娘一人を残して自分も死病にかかった。蓜四郎の父はそれまで不得手ながら金銭上の事に関《かかわ》ってまでいろいろ面倒を見てやったのだがついにその甲斐《かい》もなかった。しかし、すべてを過去の罪障のなす業《ごう》と諦《あきら》めた病主人は、罪障消滅のためにも、一つは永年の恩義に酬《むく》ゆるため、妻を失ってしばらく鰥暮しでいた蓜四郎の父へ、せめて身の周《まわ》りの世話でもさせたいと、娘を父の寺へ上せて身罷《みまか》ったという。他の事情は語らない母親も「お罪障消滅のため寺方に上った身が、食べ慾ぐらい断ち切れんで、ほんまに済まんと思うが、やっぱりお罪障の残りがあるかして、これぱかりはしようもない」この述懐だけはまたときどき口に洩《もら》しながら、最少限度のつもりにしろ、食べもの漁りはやめなかった。

少青年の頃おいになって蓜四郎は、諸方の風雅の莚《えん》の手伝いに頼まれ出した。市民一般に趣味人をもって任ずるこの古都には、いわゆる琴棋書画の会が多かった。はじめ拓本職人の老人が出入りの骨董《こっとう》商に展観の会があるのを老人に代って手伝いに出たのがきっかけとなり、あちらこちらより頼まれるようになった。才はじけた性質を人臆しする性質が暈《ぼか》しをかけている若者は何か人目につくものがあった。薄皮仕立で桜色の皮膚は下膨《しもぶく》れの顔から胸へかけて嫩葉《わかば》のような匂いと潤《うるお》いを持っていた。それが拓本老職人の古風な着物や袴《はかま》を仕立て直した衣服を身につけて座を斡旋《あっせん》するさまも趣味人の間には好もしかった。人々は戯《ざ》れに千の与四郎、――茶祖の利久の幼名をもって彼を呼ぶようになった。利久の少年時が果して彼のように美貌《びぼう》であったか判《わか》らないが、少くとも利休が与四郎時代秋の庭を掃き浄《きよ》めたのち、あらためて一握りの紅葉をもって庭上に撒《ま》き散らしたという利久の趣味性の早熟を物語る逸話から聯想《れんそう》して来る与四郎は、彼のような美少年でなければならなかった。与えられたこの戯名《あだな》を彼も諾《あまな》い受け寧《むし》ろ少からぬ誇りをもって自称するようにさえなった。

酒落《しゃれ》たお弁当が食べられ、なにがしかずつ心付けの銭さえ貰えるこの手伝いの役は彼を悦ばした。そのお弁当を二つも貰って食べ抹茶《まっちゃ》も一服よばれたのち、しばらくの休憩をとるため、座敷に張り廻《めぐ》らした紅白だんだらの幔幕《まんまく》を向うへ弾《は》ね潜《くぐ》って出る。そこは庭に沿った縁側であった。陽はさんさんと照り輝いて満庭の青葉若葉から陽の雫が滴《したた》っているようである。縁も遺憾なく照らし暖められている。彼はその縁に大の字なりに寝て満腹の腹を撫《な》でさすりながらうとうとしかける。知恩院聖護院《しょうごいん》の昼鐘が、まだ鳴り止《や》まない。夏霞《なつがすみ》棚引きかけ、眼を細めてでもいるような和《なご》み方の東山三十六峰。ここの縁に人影はない。しかし別書院の控室の間から演奏場へ通ずる中廊下には人の足音が地車でも続いて通っているよう絶えずとどろと鳴っている。その控室の方に当っては、もはや、午後の演奏の支度にかかっているらしく、尺八に対して音締めを直している琴や胡弓《こきゅう》の音が、音のこぼれもののように聞えて来る。間に混って盲人の鼻詰り声、娘たちの若い笑い声。

若者の雛四郎は、こういう景致や物音に遠巻きされながら、それに煩《わずら》わされず、逃《のが》れて一人うとうとする束《つか》の間を楽しいものに思い做《な》した。腹に満ちた咀嚼《そしゃく》物は陽のあたためを受けて滋味は油のように溶け、骨肉を潤《うるお》し剰《あま》り今や身体の全面にまでにじみ出して来るのを艶《つや》やかに感ずる。金目がかかり、値打ちのある肉体になったように感ずる。心の底に押籠《おしこ》められながら焦々《いらいら》した恐ろしい想いはこの豊潤な肉体に対し、いよいよその豊潤を刺戟《しげき》して引立てる内部からの香辛料になったような気がする。その快さ甘くときめかす匂い、芍薬《しゃくやく》畑が庭のどこかにあるらしい。

古都の空は浅葱《あさぎ》色《いろ》に晴れ渡っている。和《なご》み合う睫《まつげ》の間にか、充ち足りた胸の中に白雲の一浮きが軽く渡って行く。その一浮きは同時にうたた寝の夢の中にも通い、濡《ぬ》れ色の白鳥となって翼に乗せて過ぎる。はつ夏の哀愁。「与四郎さん、こんなとこで寝てなはる。用事あるんやわ、もう起きていなあ」鼻の尖《さき》を摘まれる。美しい年増《としま》夫人のやわらかくしなやかな指。

鼈四郎はだんだん家へ帰らなくなった。貧寒な拓本職人の家で、女餓鬼《めがき》の官女のような母を相手にみじめな暮しをするより、若い女のいる派手で賑《にぎや》かな会席を渡り歩いてる方がその日その日を面白く糊塗《こと》できて気持よかった。何か一筋、心のしんになる確《しっか》りした考え。何か一業、人に優《すぐ》れて身の立つような職能を捉えないでは生きて行くに危いという不安は、殊《こと》にあの心の底に伏《ふせ》っている焦々《いらいら》した恐ろしい想いに煽《あお》られると、居ても立ってもいられない悩みの焔《ほのお》となって彼を焼くのであるが、その焦熱を感ずれば感ずるほど、彼はそれをまわりで擦《こす》って掻《か》き落すよう、いよいよ雑多と変化の世界へ紛れ込んで行くのであった。彼はこの間に持って生れた器用さから、趣味の技芸なら大概のものを田舎初段程度にこなす腕を自然に習い覚えた。彼は調法な与四郎となった。どこの師匠の家でも彼を歓迎した。棋院では初心の客の相手役になってやるし、琴の家では琴師を頼まないでも彼によって絃《げん》の緩《ゆる》みは締められた。生花の家でお嬢さんたちのための花の下拵《したごしら》え、茶の湯の家ではまたお嬢さんや夫人たちのための点茶や懐石のよき相談相手だった。拓本職人は石刷りを法帖に仕立てる表具師のようなこともやれば、石刷りを版木に模刻して印刷をする彫版師のような仕事もした。そこから自《おの》ずから彼は表具もやれば刀を採って、木彫篆刻《てんこく》の業もした。字は宋拓を見よう見真似に書いた。画は彼が最得意とするところで、ひょっとしたら、これ一途《いちず》に身を立てて行こうかとさえ思うときがあった。

頼めば何でも間に合わしてくれる。こんな調法人をどこで歓迎しないところがあろうか。

彼は紛れるともなく、その日その日の憂《う》さを忘れて渡り歩るいた。母は鼈四郎が勉強のため世間に知識を漁っていて今に何か摑《つか》んで来るものと思い込んでるので呑込み顔で放って置いたし、拓本職人の老爺《ろうや》は仕事の手が欠けたのをこぼしこぼし、しかし叱言《こごと》というほどの叱言はいわなかった。

師匠連や有力な弟子たちは彼を取巻のようにして瓢亭《ひさごてい》・俵やをはじめ市中の名料理へ飲食に連れて行った。彼は美食に事欠かぬのみならず、天稟《てんぴん》から、料理の秘奥《ひおう》を感取った。

そうしているうち、ふと鼈四郎に気が付いて来たことがあった。このように諸方で歓迎されながら彼は未《いま》だ嘗《かつ》て尊敬というものをされたことがない。大寺に生れ、幼時だけにしろ、総領息子という格に立てられた経験のある、旧鋪の娘として母の持てる気位を伝えているらしい彼の持前は頭《ず》の高い男なのであった。それがただ調法の与四郎で扱い済されるだけでは口惜しいものがあった。彼の心の底に伏っていつも焦々する恐ろしい想いもどうやら一半はそこから起るらしく思われて来た。どうかして先生と呼ばれてみたい。

人中に揉《も》まれて臆し心はほとんど除かれている彼に、この衷心から頭を擡《もた》げて来た新しい慾望は、更に積極へと彼に拍車をかけた。彼は高飛車に人をこなし付ける手を覚え、軽蔑《けいべつ》して鼻であしらう手を覚えた。何事にも批判を加えて已れを表示する術《すべ》も覚えた。彼はなりの恰好《かっこう》さえ肩肘《かたひじ》を張ることを心掛けた。彼は手鏡を取出してつくづく自分を見る。そこに映り出る青年があまりに若く美しくて先生と呼ばれるに相応《ふさわ》しい老成した貫禄《かんろく》が無いことを嘆いた。彼はせめて言葉付だけでもいかつく、ませたものにしようと骨を折った。彼の取って付けたような豹変《ひょうへん》の態度に、弱いものは怯《おび》えて敬遠し出した。強いものは反撥《はんぱつ》して罵《ののし》った。「なんだ石刷り職人の癖に」そして先生といってくれるものは料理人だけだった。

「与四郎は変った」「おかしゅうならはった」というのが風雅社会の一般の評であった。彼の心地に宿った露草のようないじらしい恋人もあったのだけれども、この噂《うわさ》に脆《もろ》くも破れて、実を得結ばずに失《う》せた。

若者であって一度この威猛高《いたけだか》な誇張の態度に身を任せたものは二度と沈潜して肌質《きめ》をこまかくするのは余程難しかった。雛四郎はこの目的外れの評判が自分のどこの辺から来るものか自分自身に向って知らないとはいい徹《とお》せなかった。「学問が無いからだ」この事実は彼に取って最も痛くていまいましい反省だった。そして今更に、悲運な境遇から上の学校へも行けず、秩序立った勉強の課程も踏めなかった自分を憐《あわれ》むのであった。しかしこれを恨みとして、その恨みの根を何処《どこ》へ持って行くのかとなると、それはまたあまりに多岐にわたり複雑過ぎて当時の彼には考え切れなかった。嘆くより後れ走《ば》せでも秘《ひそ》かに学んで追い付くより仕方がない。彼はしきりに書物を読もうと努めた。だが才気とカンと苦労で世間のあらましは、すでに結論だけを摘み取ってしまっている彼のような人間にとって、その過程を煩わしく諄《くど》く記述してある書物というものを、どうして迂遠《うえん》で悪丁寧とより以外のものに思い做《な》されようぞ。彼は頁《ページ》を開くとすぐ眠くなった。それを努めて読んで行くとその索寞《さくばく》さに頭が痛くなって、しきりに喉頭へ味なるものが恋い慕われた。彼は美味な食物を漁りに立上ってしまった。

結局、彼は遣《や》り慣れた眼学問、耳学問を長じさせて行くより仕方なかった。そしていままで、下手に謙遜《けんそん》に学び取っていた仕方は今度からは、争い食ってかかる紛擾《ふんじょう》の間に相手から捥《も》ぎ取る仕方に方法を替えたに過ぎなかった。それほどまでにして彼は尊敬なるものを贏《か》ち得たかったのであろうか。然《しか》り。彼は彼が食味に於《おい》て意識的に人生の息抜きを見出す以前は、実に先生といわれる敬称は彼に取って恋人以上の魅力を持っていたのだった。彼はこの仕方によって数多《あまた》の旧知己をば失ったが、僅ばかりの変りものの知遇者を得た。世間には啀《いが》み合う鑼《どら》、捩《ねじ》り合う鐃鈸《にょうはち》のような騒々しいものを混えることに於て、却《かえ》って知音《ちいん》や友情が通じられるシナ楽のような交際も無いことはない。鼈四郎が向き嵌《はま》って行ったのはそういう苦労胼胝《だこ》で心の感膜が厚くなっている年長の連中であった。

その頃、京極でモダンな洋食店のメーゾン檜垣《ひがき》の主人もその一人であった。このアメリカ帰りの料理人は妙に芸術や芸術家の生活に渇仰をもっていて、店の監督の暇には油画を描いていた。寝泊りする自分の室は画室のようにしていた。彼は客の誰彼を摑《つかま》えてはニューヨークの文士村《グリンウイッチビレージ》の話をした。巴里《パリ》の芸術街を真似ようとするこの街はアメリカ人気質と、憧憬による誇張によって異様で刺戟《しげき》的なものがあった。主人はそれを語るのに使徒のような情熱をもってした。店の施設にもできるだけ応用した。酒神《バッカス》の祭の夕《みやす》。青蠟燭《ろうそく》の部屋。新しいものに牽《ひ》かれる青年や、若い芸術家がこの店に集ったことは見易き道理である。この古都には若い人々の肺には重苦しくて寂寥《せきりよう》だけの空気があった。これを撥《は》ね除《の》け攪《か》き壊すには極端な反撥が要《い》った。それ故《ゆえ》、一般に東京のモダンより、上方のモダンの方が調子外れで薬が強いとされていた。

鼈四郎はこの店に入浸るようになった。お互いに基礎知識を欠く弱味を見透すが故に、お互いに吐き合う気焔《きえん》も圧迫感を伴わなかった。飄々《ひょうひょう》とカンのまま雲に上り空に架することができた。立会いに相手を傲慢《ごうまん》で呑《の》んでかかってから軽蔑の歯を剝出《むきだ》して、意見を嚙《か》み合わす無遠慮な談敵を得て、彼等は渾身《こんしん》の力が出し切れるように思った。その間に狡《ずる》さを働かして耳学問を盗み合い、捥《も》ぎ取る利益も彼等には歓《よろこ》びであった。鼈四郎が東洋趣味の幽玄を高嘯《こうしょう》するに対し、檜垣の主人は西洋趣味の生々しさを誇った。かかるうち知識は交換されて互いの薬籠《やくろう》中に収められていた。

いつでも意見が一致するのは、芸術至上主義の態度であった。誤って下層階級に生い立たせられたところから自恃《じじ》に相応《ふさ》わしい位置にまで自分を取戻すにはカンで攀《よ》じ登れる芸術と称するもの以外には彼等は無いと感じた。彼等は鑑識の高さや広さを誇った。この点ではお互いに許し合った。琴棋書画、それから女、芝居、陶器、食もの、思想にわたるものまでも、分け距《へだ》てなく味い批評できる彼等をお互いに褒《ほ》め合った。

「僕等は、天才じゃね」「天才じゃねえ」

檜垣の主人は、胸の病持ちであった。彼が独身生活を続けるのも、そこから来るのであったが、情慾は強いかして彼の描く茫漠《ぼうばく》とした油絵にも、雑多に蒐《あつ》められる蒐集《しゅうしゅう》品《ひん》にも何かエロチックの匂《にお》いがあった。痩《や》せて青黒い隈《くま》の多い長身の肉体は内部から欲求するものを充《みた》し得ない悩みにいつも喘《あえ》いでいた。それに較《くら》べると中脊《ちゅうぜい》ではあるが異常に強壮な身体を持っている鼈四郎はあらゆる官能慾を貪《むさぼ》るに堪えた。ある種の嗜《し》慾《よく》以外は、貪り能《あた》う飽和点を味い締められるが故に却って恬澹《てんたん》になれた。

檜垣の主人は、鼈四郎を連れて、鴨川の夕涼みのゆかから、宮川町辺の赤黒い行燈《あんどん》のかげに至るまで、上品や下品の遊びに連れて歩るいた。そこでも、味い剰《あま》すがゆえにいつも暗鬱《あんうつ》な未練を残している人間と、飽和に達するがゆえに明色の恬澹に冴《さ》える人間とは極端な対象を倣《な》した。鼈四郎は檜垣の主人の暗鬱な未練に対し、本能の浅ましさと共に本能の深さを感じ、檜垣の主人は鼈四郎の肉体に対して嫉妬《しっと》と驚異を感じた。二人は心秘《ひそ》かに「あいつ偉い奴じゃ」と互いに舌を巻いた。

起伏表裏がありながら、また最後に認め合うものを持つ二人の交際は、縄のように絡《から》み合い段々その結ぼれを深めた。正常な教養を持つ世間の知識階級に対し、脅威を感ずるが故に、睥睨《へいげい》しようとする職人上りで頭が高い壮年者と青年は自《みずか》らの孤独な階級に立籠《たてこも》って脅威し来るものを罵《ののし》る快を貪るには一あって二無き相手だった。彼等は毎日のように会わないでは寂しいようになった。

鼈四郎は檜垣の主人に対しては対蹠《たいしょ》的に、いつも東洋芸術の幽邃《ゆうすい》高遠を主張して立向う立場に立つのだが、反噬《はんぜい》して来る檜垣の主人の西洋芸術なるものを、その範とするところの名品の複写などで味わされる場合に、躊躇《ちゅうちょ》なく感得されるものがあった。檜垣の主人が持ち帰ったのは主にフランス近代の巨匠のものだったが、本能を許し、官能を許し、享受《きょうじゅ》を許し、肉情さえ許したもののあることは東洋の躾《しつけ》と道徳の間から僅にそれ等を垣間見《かいまみ》させられていたものに取っては驚きの外無かった。恥も外聞も無い露《む》き出しで、きまりが悪いほどだった。「こいつ等は、まるで素人《しろうと》じゃねえ」髷四郎は檜垣の主人に向ってはこうも押えた口を利《き》くようなものの、彼の肉体的感覚は発言者を得たように喝采《かっさい》した。

彼はこの店へ出入りをして食べ増した洋食もうまかったし、主人によっていろいろ話して聴かされた西洋の文化的生活の様式も、便利で新鮮に思われた。

髷四郎はこれ等の感得と知識をもって、彼の育ちの職場に引返して行った。彼は書画に携わる輩《やから》に向ってはデッサンを説き、ゴッホとかセザンヌとかの名を口にした。茶の湯生花の行われる巷《ちまた》に向っては、ティパーティの催しを説き、アペリチーフの功《く》徳《どく》を説き、コンポジションとかニュアンスとかいう洋名の術語を口にした。

東洋の諸芸術にも実践上の必需から来る自《おのず》からなるそれ等はあって、ただ名前と伝統が違っているだけだった。それゆえ、髷四郎のいうことはこれ等に携わる人々にもほぼ察しはつき、心ある者は、なんだ西洋とてそんなものかと高を括《くく》らせはしたが当時モダンの名に於て新味と時代適応性を西洋的なものから採入れようとする一般の風潮は彼の後姿に向っては「葵《あおい》祭の竹の欄干《てすり》で」青く擦《す》れてなはると蔭口《かげぐち》を利きながら、この古都の風雅の社会は、彼の前に廻っては刺戟と思い付を求めねばならなかった。彼の人気は恢復《かいふく》した。三曲の演奏にアンコールを許したり、裸体彫像に生花を配したり、ずいぶん突飛なことも彼によって示唆《しさ》されたが、椅子《いす》テーブルの点茶式や、洋食を緩和して懐石の献立中に含めることや、そのときまで、一部の間にしか企てられていなかった方法を一般に流布《るふ》せしめる縁の下の力持とはなった。彼は、ところどころで「先生」と呼ばれるようになった。

彼はこの勢を駆って、メーゾン檜垣に集る若い芸術家の仲間に割り込んだ。彼の高飛車と粗雑はさすがに、神経のこまかいインテリ青年たちと肌合いの合わないものがあった。彼は彼等を吹き靡《なび》け、煙に巻いたつもりでも最後に、沈黙の中で拒まれているコツンとしたものを感じた。それは何とも説明し難いものではあるが彼をして現代の青年の仲間入りしようとする勇気を無雑作《むぞうさ》に取拉《とりひし》ぐ薄気味悪い力を持っていた。彼は考えざるを得なかった。

春の宵であった。檜垣の二階に、歓迎会の集りがあった。女流歌人で仏教家の夫人がこの古都のある宗派の女学校へ講演に頼まれて来たのを幸、招いて会食するものであった。画家の良人《おっと》も一しょに来ていた。テーブルスピーチのようなこともあっさり切上がり、内輪で寛《くつろ》いだ会に見えた。しかし鼈四郎にとってこの夫人に対する気構えは兼々雑誌などで見て、納《おさま》らぬものがあった。芸術をやるものが宗教に捉《とら》われるなんて――、夫人が仏教を提唱することは、自分に幼時から辛《つら》い目を見せた寺や、境遇の肩を持つもののようにも感じられた。とうとう彼は雑談の環《わ》の中から声を皮肉にして詰《なじ》った。夫人が童女のままで大きくなったような容貌《ようぼう》も苦労なしに見えて、何やら苛《いじ》め付けたかった。

夫人はちょっと無礼なといった面持をしたが、怒りは嚥《の》み込んでしまって答えた、

「いいえ、だから、わたくしは、何も必要のない方にやれとは申上げちゃおりません」

鼈四郎は嵩《かさ》にかかって食ってかかったが、夫人は「そういう聞き方をなさる方には申上げられません」と繰返すばかりであった。世間知らずの少女が意地を張り出したように鼈四郎にはとれた。

一時白けた雰囲気の空虚も、すぐまわりから歓談で埋められ、苦り切り腕組をして、不満を示している彼の存在なぞは誰も気付かぬようになった。彼の怒りは縮れた長髪の先にまでも漲《みなぎ》ったかと思われた。その上、彼を拗《こじ》らすためのように、夫人は勧めら

れて「京の四季」かなにかを、みんなの余興の中に加って唄った。低めて唄ったもののそれは暢《のび》やかで楽しそうだった。良人の画家も列座と一しょに手を叩《たた》いている。すべてが自分に対する侮蔑《ぶべつ》に感じられてならない鼈四郎は、どんな手段を採ってもこの夫人を圧服し、自分を認めさそうと決心した。彼は、檜垣の主人を語って、この画家夫妻の帰りを待ち捉え、主人の部屋の画室へ、作品を見に寄ってくれるよう懇請した。その部屋には鼈四郎の制作したものも数々置いてあった。

彼は遜《へりくだ》る態度を装《よそお》い、強《し》いて夫人に向って批評を求めた。そこには額仕立ての書画や篆額《てん》があった。夫人はこういうものは好きらしく、親し気に見入って行ったが、良人を顧みていった。

「ねえ、パパ、美しくできてるけど、少し味に傾いてやしない？」良人は気の毒そうにいった。

「そうだなあ、味だな」鼈四郎は哄笑《こうしょう》して、去り気《げ》ない様子を示したが、始めて人に肺腑《はいふ》を衝《つ》かれた気持がした。良人の画家に「大陸的」と極めをつけられてよいのか悪いのか判《わか》らないが、気に入った批評として笑窪《えくぼ》に入った檜垣の主人まで「そういえば、なるほど、君の芸術は味だな」と相槌《あいづち》を打つ苦々しさ。

鼈《べつ》四郎は肺腑を衝かれながら、しかしもう一度執拗《しつよう》に夫人へ反撃を密謀した。まだ五六日この古都に滞在して春のゆく方を見巡って帰るという夫妻を手料理の昼食に招いた。自分の作品を無雑作に味と片付けてしまうこの夫人が、一体、どのくらいその味なるものに鑑識を持っているのだろう。食もので試してやるのが早手廻しだ。どうせ有閑夫人の手に成る家庭料理か、料理屋の形式的な食品以外、真のうまいものは食ってやしまい。もし彼女に鑑識が無いのが判ったなら彼女の自分の作品に対する批評も、惧《おそ》れるに及ばないし、もし鑑識あるものとしたなら、恐らく自分の料理の伎倆《ぎりょう》に頭を下げて感心するだろう。さすればこの方で夫人は征服でき、夫人をして自分を認め返さすものである。

幸に、夫妻は招待に応じて来た。

席は加茂川の堤下の知れる家元の茶室を借り受けたものであった。彼は呼び寄せてある指導下の助手の料理人や、給仕の娘たちを指揮して、夫妻の饗宴《きょうえん》にかかった。

彼はさきの夜、檜垣の歓迎会の晩餐《ばんさん》にて、食事のコース中、夫人が何を選み、何を好み食べたか、すっかり見て取っていた。ときどき聞きもした。それは努めてしたのではないが、人の嗜慾《しよく》に対し間諜犬《かんちょうけん》のような嗅覚《きゅうかく》を持つ彼の本能は自ずと働いていた。夫人の食品の好みは専門的に見て、素人なのだか玄人《くろうと》なのだか判らなかった。しかし嗜求する虫の性質はほぼ判った。

鼈四郎は、献立の定慣や和漢洋の種別に関係なく、夫人のこの虫に向って満足さす料理の仕方をした。ああ、そのとき、何という人間に対する哀愛の気持が胸の底から湧《わ》き出たことだろう。あの大きな童女のような女をして眼を瞠《みは》らせ、五感から享《う》け入れる人の世の満足以上のものを彼女をして無邪気に味い得しめたなら料理それ自身の手柄だ。自分なんかの存在はどうだってよい。彼はその気持から、夫人が好きだといった季節外れの蟹《かに》を解《ほぐ》したり、一口蕎麦《そば》を松江風に捏《こ》ねたりして、献立に加えた。ふと幼いとき、夜泣きして、疳《かん》の虫の好く、宝来豆というものを欲しがったとき老僧の父がとぼとぼと夜半の町へ出て買って来てくれたときの気持を想《おも》い出した。鼈四郎は捏ね板へ涙の雫《しずく》を落すまいとして顔を反向《そむ》けた。所詮《しょせん》、料理というものは労《いたわ》りなのであろうか。そして労りごころを十二分に発揮できる料理の相手は、白痴か、子供なのではあるまいか。

しかし鼈四郎は夫人が通客であった場合を予想し、もしその眼で見られても恥しからぬよう、坂本の諸子川の諸子魚《もろこ》とか、鞍馬《くらま》の山椒皮《からかわ》なども、逸早《いちはや》く取寄せて、食品中に備えた。

夫人は、大事そうに、感謝しながら食べ始めた。「この子付け鱠《なます》の美しいこと」「このえび諸《いも》の肌目《きめ》のこまかく煮えてますこと」それから唇にから揚の油が浮くようになってからは、ただ「おいしいわ」「おいしいわ」というだけで、専心に喰べ進んで行く。鼈四郎は、再び首尾はいかがと張り詰めていたものが食品の皿が片付けられる毎《ごと》に、ずしんずしんと減って、気の衰えをさえ感ずるのだった。

夫人も健啖《けんたん》だったが、画家の良人はより健啖だった。みな残りなく食べ終り、煎茶《せんちゃ》茶椀を取上げながらいった。「ご馳走さまでした。御主人に申すが、この方が、よっぽど、あんたの芸術だね」そして夫人の方に向い、それを皮肉でなく、好感を持つ批評として主人に受取らせるよう夫人の註解《ちゆうかい》した相槌を求めるような笑い方をしていた。夫人も微笑したが、声音は生真面目だった。「わたくしも、警句でなく、ほんとにそう思いますわ。立派な芸術ですわ」

鼈四郎は図星に嵌《は》めたと思うと同時に、ぎくりとなった。彼はいかにふだん幅広い口を利こうと、衷心では料理より、琴棋書画に位があって、先生と呼ばれるに相応《ふさ》わしい高級の芸種であるとする世間月並の常識を無みしようもない。その高きものを前日は味とされ、今日低きものに於て芸術たることを認められた。天分か、教養か、どちらにしろ、もはや自分の生涯の止《とど》めを刺された気がした。この上、何をかいおうぞ。

加茂川は、やや水嵩《みずかさ》増して、ささ濁りの流勢は河原の上を八千岐《やちまた》に分れ下へ落ちて行く、蛇籠《じゃかご》に阻《はば》まれる花芥《あくた》の渚《なぎさ》の緑の色取りは昔に変りはないけれども、魚は少くなったかして、漁《いさ》る子供の姿も見えない。堤の芽出し柳の煙れる梢《こずえ》に春なかばの空は晴れみ曇りみしている。

しばらく沈黙の座に聞澄している淙々《そうそう》とした川音は、座をそのままなつかしい国へ押し移す。鼈四郎は、この川下の対岸に在って大竹原で家棟は隠れて見えないけれども、まさしくこの世に一人残っている母親のことを思い出す。女餓鬼の官女のような母親はそこで食味に執しながら、一人息子が何でもよいたつきの業を得て帰って来るのを待っている。しばらく家へは帰らないが、拓本職人の親方の老人は相変らず、小学校の運動会を漁《あさ》り歩き遊戯をする児童たちのいたいけな姿に老いの迫るを忘れようと努めているであろうか。

鼈四郎は、笑いに紛らしながら、幼時、母子二人の夕餉《ゆうげ》の菜のために、この河原で小魚を掬《すく》い帰った話をした。「いままで、ずいぶん、いろいろなうまいものも食いましたが、いま考えてみると、あのとき母が煮てくれた雑魚の味ほどうまいと思ったものに食い当りません」それから彼は、きょう、料理中に感じたことも含めて、「すると、味と芸術の違いは労りがあると、無いとの相違でしょうかしら」といった。

これに就き夫人は早速に答えず、先《ま》ず彼等が外遊中、巴里の名料理店フォイヨで得た経験を話した。その料理店の食堂は、扉の合せ目も床の敷ものも物音立てぬよう軟い絨氈《じゆうたん》や毛織物で用意された。色も刺激を抜いてある。天井や卓上の燭光《しよつこう》も調節してある。総《すべ》ては食味に集中すべく心が配られてある。給仕人はイゴとか男性とかいういかついものは取除かれた品よく晒《さら》された老人たちで、いずれはこの道で身を滅した人間であろう、今は人が快楽することによって自分も快楽するという自他移心の術に達してるように見ゆる。食事は聖餐《せいさん》のような厳《おごそ》かさと、ランデブウのようなしめやかさで執り行われて行く。今やテーブルの前には、はつ夏の澄める空を映すかのような薄浅黄色のスープが置かれてある。いつの間に近寄って来たか給仕の老人は輪切りにした牛骨の載れる皿を銀盤で捧《ささ》げて立っている。老人は客が食指を動かし来る呼吸に坩《つぼ》を合せ、ちょっと目礼して匙《さじ》で骨の中から髄を掬《すく》い上げた。汁の真中へ大切に滑り浮す。それは乙女《おとめ》の娘生《きしよう》のこころを玉に凝《こ》らしたかのようにぶよぶよ透けるが中にいさか青春の潤《うる》みに澱《よど》んでいる。それは和食の鯛の眼肉の羹《あつもの》にでも当る料理なのであろうか。老人は恭《うやうや》しく一礼して数歩退いて控えた。いかに満足に客がこの天の美漿《びしよう》を啜《す》い取るか、成功を祈るかのように敬虔《けいけん》に控えている。もちろん料理は精製されてある。サービス満点である。以下デザートを終えるまでのコースにも、何一つ不足と思えるものもなく、いわゆる善尽し、美尽しで、感嘆の中に食事を終えたことである。

「しかしそれでいて、私どもにはあとで、嘗《な》めこくられて、扱い廻されたという、後口に少し嫌《いや》なものが残されました」
「面と向って、お褒めするのも気まりが悪うございますから、あんまり申しませんが、そういっちゃ何ですが、今日の御料理には、ちぐはぐのところがございますけれど、まことというものが徹しているような気がいたしました」

意表な批評が夫人の口から次々に出て来るものである。料理に向ってまことなぞという言葉を使ったのを鼈四郎は嘗《かつ》て聞いたことはない。そして、まこと、まごころ、こういうものは彼が生れや、生い立ちによる拗《す》ねた心からその呼名さえ耳にすることに反感を持って来た。自分がもしそれを持ったなら、まるで、変り羽毛の雛鳥《ひなどり》のように、それを持たない世間から寄って蝟《たか》って突き苛《さいな》められてしまうではないか。弱きものよ汝《なんじ》の名こそ、まこと。自分にそういうものを無みし、強くあらんがための芸術、偽りに堪えて慰まんための芸術ではないか。歌人の芸術家だけに旧臭《ふるくさ》く否味《いやみ》なことをいう。道徳かぶれの女学生でもいいそうな芸術批評。歯牙《しが》に懸けるには足りない。鼈四郎はこう思って来ると夫妻の権威は眼中に無くなって、肩肘《かたひじ》がむくむくと平常通り聳立《そばだ》って来るのを覚えた。「はははは、まこと料理ですかな」

車が迎えに来て、夫妻は暇を告げた。鼈四郎はこれからどちらへと訊《き》くと、夫妻は壬生《みぶ》寺へお詣《まい》りして、壬生狂言の見物にと答えた。鼈四郎は揶揄《やゆ》して「善男善女の慰安には持って来いですね」というと、ちょっと眉を顰《しか》めた夫人は「あれをあなたは、そうおとりになりますの、私たちは、あの狂言のでんがんでんがんという単調な鳴物を地獄の音楽でも聞きに行くように思って参りますのよ」というと、良人の画家も、実は鼈四郎の語気に気が付いていて癪《しゃく》に触ったらしく「君、おれたちは、善男善女でもこれで地獄は一遍たっぷり通って来た人間たちだよ。だが極楽もあまり永く場塞《ばふさ》ぎしては済まないと思って、また地獄を見付けに歩るいているところだ。そう甘くは見なさるなよ」と窘《たしな》めた。夫人はその良人の肘をひいて「こんな美しい青年を咎《とが》め立するもんじゃありませんわ。人間の芸術品が壊れますわ」自分のいったことを興がるのか、わっわと笑って車の中へ駈け込んだ。

鼈四郎はその後一度もこの夫妻に会わないが、彼の生涯に取ってこの春の二回の面会は通り魔のようなものだった。折角設計して来た自分らしい楼閣を不逞《ふてい》の風が浚《さら》い取った感じが深い。芸術なるものを通して、何かあることは感づかせられた。しかし今更、宗教などという黴臭《かびくさ》いと思われるものに関《かかわ》る気はないし、そうかといって、夫人のいったまごころというものを突き詰めて行くのは、安道学らしくて身《み》慄《ぶる》いが出るほど、怖気《おぞけ》が振えた。結局、安心立命するものを捉《とら》えさえしたらいいのだろう。死の外にそれがあるか。必ず来て総てが帳消しされる死、この退《の》っ引ならないものへ落付きどころを置き、その上での生きてるうちが花という気持で、せいぜい好きなことに殉じて行ったなら、そこに出て来る表現に味とか芸術とかの岐《わか》れの議論は立つまい。「いざとなれば死にさえすればいいのだ」鼈四郎は幼い時分から辛《つら》い場合、不如意《ふにょい》な場合には逃れずさまよい込み、片息をついたこの無可有《むかう》の世界の観念を、青年の頭脳で確《しか》と積極的に思想に纏《まと》め上げたつもりでいる。これを裏書するように檜垣の主人の死が目前に見本を示した。

檜垣の主人は一年ほどまえから左のうしろ頸《くび》に癌《がん》が出はじめた。始めは痛みもなかった。ちょっと悪性のものだから切らん方がよいという医師の意見と処法に従ってレントゲンなどかけていたが、癌は一時小さくなって、また前より脹《は》れを増した。とうとう痛みが来るようになった。医者も隠し切れなくなったか肺臓癌がここに吹出したものだと宣告した。これを聞いても檜垣の主人は驚かなかった。「したいと思ったことでできなかったこともあるが、まあ人に較《くら》べたらずいぶんした方だろう」「この辺で節季の勘定を済すかな」笑いながらそういった。それから身の上の精算に取りかかった。店を人に譲り総ての貸借関係を果すと、少しばかり余裕の金が残った。「僕は賑《にぎや》かなところで死にたい」彼はそれをもって京極の裏店《うらだな》に引越した。美しい看護婦と、気に入りのモデルの娘を定まった死期までの間の常傭《じょうやと》いにして、そこで彼は彼の自らいう「天才の死」の営みにかかった。

売り惜んだ彼が最後に気に入りの蒐集品《しゅうしゅうひん》で部屋の中を飾った。それでも狭い部屋の中は一ぱいで猶太人《ユダヤ》の古物商の小店ほどはあった。

彼はその部屋の中に彼が用いつけの天蓋《てんがい》附のベッドを据えた。もちろん贋《にせ》ものであろうが、彼はこれを南北戦争時分にアメリカへ流浪《るろう》した西班牙《スペイン》王族出の吟遊詩人が用いたものだといっていた。柱にラテン文字で詩は彫り付けてあるにはあった。彼はそこで起上って画を描き続けた。

癌はときどき激しく痛み出した。服用の鎮痛剤ぐらいでは利《き》かなかった。彼は医者に強請《せが》んで麻痺《まひ》薬を注射して貰《もら》う。身体が弱るからとてなかなか注《さ》してくれない。全身、蒼黒《あおぐろ》くなりその上、痩《やせ》さらばう骨の窪《くぼ》みの皮膚にはうす紫の隈《くま》まで、漂い出した中年過ぎの男は脹《は》れ嵩張《かさば》ったうしろ頸の瘤《こぶ》に背を跼《かが》められ侏儒《しゅじゅ》にして餓鬼のようである。夏の最中のこととて彼は裸でいるので、その見苦しさは覆《おお》うところなく人目を寒気立たした。痛みが襲って来ると彼はその姿でベッドの上で踠《もが》き苦しむ。全身に水を浴びたような脂汗《あぶらあせ》をにじみ出し長身の細い肢体を捩《よじ》らし擦《す》り合せ、甲斐《かい》ない痛みを扱《こ》き取ろうとするさまは、蛇が難産をしているところかなぞのように想像される。いくら認め合った親友でも、鼈四郎は友の苦しみを看護《みと》ることは好まなかった。

苦しみなぞというものは自分一人のものだけでさえ手に剰《あま》っている。殊《こと》に不快ということは人間の感覚に染《し》み付き易《やす》いものだ。芸術家には毒だ。避けられるだけ避けたい。そこで鼈四郎は檜垣の病主人に苦悶《くもん》が始まると、すーっと病居を抜け出て、茶を飲んで来るか、喋《しゃべ》って来るのであった。だが病友は許さなくなった。「なんだ意気地のない。しっかり見とれ、かく成り果てるとまた痛快なもんじゃから――」息を喘《あえ》がせながらいった。

鼈四郎は、手を痛いほど握り締め、自分も全身に脂汗をにじみ出させて、見ることに堪えていた。死は惧《おそ》ろしくはないが、死へ行くまでの過程に嫌なものがあるという考えがちらりと念頭を掠《かす》めて過ぎた。だがそういうことは病主人が苦悶を深め行くにつれ却《かえ》って消えて行った。あまりの惨《いた》ましさに痺《しび》れてぽかんとなってしまった鼈四郎の脳底に違ったものが映《うつ》り出した。見よ、そこに蠢《うごめ》くものは、もはやそれは生物ではない。埃及《エジプト》のカタコンブから掘出した死蠟《しろう》であるのか、西蔵《チベット》の洞窟《どうくつ》から運び出した乾《かん》酪《らく》の屍体《したい》であるのか、永くいのちの息吹《いぶ》きを絶った一つの物質である。しかも何やら律動しているところは、現代に判《わか》らない巧妙繊細な機械仕掛けが仕込まれた古代人形のようでもある。蒼黒く燻《くす》んだ古代人形はほぼ一定の律動をもって動く、くねくね、きゅーっぎゅっと踠いて、もくんと伸び上る。頽《くず》れて、そして絶息するようにふーむと呻《うめ》く。同じ事が何度も繰返される。モデル娘は惨《いた》ましさに泣きかけた顔をおかしさで歪《ゆが》み返させられ、妙な顔になって袖《そで》から半分覗《のぞ》かしている。看護婦は少し怒りを帯びた深刻な顔をして団扇《うちわ》で煽《あお》いでいる。

鼈四郎は気付いた。病友はこの苦しみの絶頂にあって遊ぼうとしているのだ。彼は痛みに対抗しようとする肉体の自《おのずか》らなる踠きに、必死とリズムを与えて踊りに拵《こしら》えているのだ。そうすることが少しでも病痛の紛らかしになるのか、それとも友だちの、ふだんいう「絶倫の芸術」を自分に見せようため骨を折っているのか。病友はまた踊る、くねくね、ぎゅーっ、きゅ、もくんもくん、そして頽れ絶息するようにふーむと唸《うめ》く。それは回教徒の祈禱《きとう》の姿に擬しつつ実は、聞えて来る活動館の安価な楽隊の音に合わせているのだった。

鼈四郎が、なお愕《おどろ》いたことは、病友は、そうしながら向う側の壁に姿見鏡を立てかけさせ、自分の悲惨な踊りを、自ら映しみて効果を味っていることだった。映像を引立たせる背景のため、鏡の縁の中に自分の姿と共に映し入るよう、青い壁絨《へきじゆう》と壺に夏花までベッドの傍《かたわら》に用意してあるのだった。鼈四郎に何か常識的な怒りが燃えた。「病人に何だって、こんなばかなことをさしとくのだ」鼈四郎はモデルの娘に当った。モデル娘は「だって、こちらが仰《おつ》しゃるんですもの」と不服そうにいった。病友はつまらぬ咎《とが》め立をするなと窘《たしな》める眼付をした。

三度に一度の願いが叶《かな》って医者に注射をして貰ったときには病友は上機嫌で、へらりへらり笑った。食慾を催して鼈四郎に何を作れかにを作れと命じた。

葱《ねぎ》とチーズを壺焼にしたスープ、ア・ロニオンとか、牛舌《オックス・タング》のハヤシライスだとか、莢隠元《アリコベル》のベリグレット・ソースのサラダとか、彼がふだん好んだものを註文したので鼈四郎は拵《こしら》え易《やす》かった。しかし家鴨《あひる》の血を絞ってその血で家鴨の肉を煮る料理とか、大鰻《うなぎ》をぶつ切りにして酢入りのゼリーで寄せる料理とか鼈四郎は始めてで、ベッドの上から病友に指図されながらもなかなか加減は難しかった。家鴨の血をアルコールランプにかけた料理盤で掻《か》き混ぜてみると上品なしる粉ほどの濃さや粘りとなった。これを塩胡椒《こしょう》し、家鴨の肉の截片《きれはし》を入れてちょっと煮込んで食べるのだが、鼈四郎は味見をしてみるのに血生臭いことはなかった。巴里の有名な鴨《かも》料理店の家の芸の一つでまず凝った贅沢《ぜいたく》料理に属するものだと病友はいった。鰻の寄せものは伊太利《イタリア》移民の貧民街などで辻売《つじうり》している食品で、下層階級の食べものだといった。うまいものではなかった。病友はそれらの食品にまつわる思い出でも楽しむのか、拵えてやってもろくに食べもしないで、しかし次々にふらふらと思い出しては註文した。鴨のない時期に、鴨に似た若い家鴨を探したり、夏長《た》けて莢《さや》は硬ばってしまった中からしなやかな莢隠元《さやいんげん》を求めたり、鼈四郎は走り廻った。病友はまたずっと溯《さかのぼ》った幼時の思い出を懐しもうとするのか、フライパンで文字焼を焼かせたり、炮烙《ほうろく》で焼芋を作らせたりした。

これ等を鼈四郎は、病友が一期《ご》の名残りと思えばこそ奔走しても望みを叶《かな》えさしてやるのだが、病友はこれ等を娯《たの》しみ終りまだ薬の気が切れずに上機嫌の続く場合に、鼈四郎を遊び相手に労《わずら》わすのにはさすがの鼈四郎も、病友が憎くなった。病友は鼈四郎にうしろ頸に脹《は》れ上って今は毬《まり》が覗いているほどになっている癌の瘤《こぶ》へ、油絵の具で人の顔を描けというのである。「誰か友だちを呼んで見せて、人面疽《そ》が出来たと巫山戯《ふざけ》てやろう」鼈四郎が辞《こば》んでも彼は訊《きき》入れなかった。鼈四郎は渋々筆を執った。繃帯《ほうたい》を除くとレントゲンの光線焦《や》けと塗り薬とで鰐皮《わにがわ》色になっている堆《うずたか》いものの中には執拗《しつよう》な反人間の意志の固りが秘められているように思われる。内側からしんの繋凝《しこり》が円味を支え保ち、そしてその上に程よい張度の肉と皮膚が覆っている腫物は、鋭いメスをぐさと刺し立てたい衝動と、その意地張った凝り固りには、ひょぐって揶揄《やゆ》してやるより外に術《すべ》はないという感じを与えられる。腫物の皮膚に油絵の具のつきはよかった。彼は絵の具を介して筆尖《ふでさき》でこの怪物の面を押し擦るタッチのうちに病友がいかにこの腫物を憎んだか。そして憎み剰った末が、悪戯《いたずら》ごころに気持をはぐらかさねばならないわけが判るような気がした。「思い切り、人間の、苦痛というものをばかにした顔に描いてやれ、腫物とは見えない人の顔に」彼は、人の顔らしく地塗りをし、隈取りをし鼻、口、眼と描き入れかけた。病友はここまで歯を食い縛って我慢していたが、「たた　たた　たたた」といって身体をすさらせた。彼はいった。「さすがに堪らん、もう、ええ、あとはたれか痛みの無くなった死骸《しがい》になってから描き足してくれ」それゆえ、腫物の上に描いた人の顔は瞳は一方しか入れられずに、しかも、ずっている。鼈四郎は病友がいった通り彼が死んでからも顔を描き上げようとはしなかった。隻眼《せきがん》を眇《すがめ》にして睨《にら》みながら哄笑《こうしょう》している模造人面疽の顔は、ずった偶然によって却って意味を深めたように思えた。人生の不如意を、諸行無常を眺めやる人間の顔として、なんで、この上、一点の描き足しを付け加える必要があろう。

　鼈四郎は病友の屍体の肩尖《かたさき》に大きく覗いている未完成の顔をつくづく見瞠《みは》り「よし」と独りいって、屍体を棺に納め、共に焼いてしまったことであった。

　病友に痛みの去る暇なく、注射は続いた。流動物しか摂《と》れなくなって、彼はベッドに横たわり胸を喘《あえ》ぐだけとなった。鼈四郎は、それが夜店の膃肭臍《おっとせい》売りの看板である膃肭臍の乾物に似ているので、人間も変れば変るものだと思うだけとなった。病友は口から入れるものは絶ち、苦痛も無くなってしまったらしい。医者は臨終は近いと告げた。看護婦もモデルの娘も涙の眼をしょぼしょぼさせながら帰り支度の始末を始め出した。病友は朦々《もうもう》として眠っているのか覚めているのか判らない場合が多い。けれども咽頭奥《のど》で呟《つぶや》くような声がしているので鼈四郎が耳を近付けてみると、唄を唄っているのだった。病友がこういう唄を唄ったことを一度も鼈四郎は聞いたことはなかった。覚束《おぼつか》ない節を強《し》いて聞分けてみると、それは子守唄だった。「ねんころりよ、ねんころりねんころり」

鼈四郎の顔が自分に近付いたのを知って病友は努めて笑った。そして喘ぎ喘ぎいう文句の意味を理解に綴《つづ》ってみるとこういうのだった。「どこを見渡してもさっぱりしてしまって、まるで、何にもない。いくら探しても遺身《かたみ》の品におまえにやるものが見付からないので困った。そうそう伯母さんが東京に一人いる。これは無くならないでまだある。遠方にうすくぼんやり見える。これをおまえにやる。こりゃいいもんだ。やるからおまえの伯母さんにしなさい」

病友は死んだ。店の旧取引先か遊び仲間の知友以外に京都には身寄りらしいものは一人も無かった。東京の伯母なるものに問合すと、年老いてることでもあり葬儀万端然《しか》るべくという返事なので鼈四郎は、主に立って取仕切り野辺《のべ》の煙りにしたことであった。

その遺骨を携えて鼈四郎は東京に出て来た。東京生れの檜垣の主人はもはや無縁同様にはなっているようなものの菩提寺《ぼだいじ》と墓地は赤坂青山辺に在った。戸主のことではあり、ともかく、骨は菩提寺の墓に埋めて欲しいという伯母の希望から運んで来たのであったが、鼈四郎は東京のその伯母の下町の家に落付き、埋葬も終えて、序《ついで》にこの巨都も見物して京都に帰ろうとする一カ月あまりの間に、鼈四郎はもう伯母の擒《とりこ》となっていた。

この伯母は、女学校の割烹《かっぽう》教師上りで、草創時代の女学校とてその他家政に属する課目は何くれとなく教えていた。時代後れとなって学校を退《ひ》かされてもこれが却って身過ぎの便りとなり、下町の娘たちを引受けて嫁入り前の躾《しつけ》をする私塾《しじゅく》を開いていた。伯母は身うちには薄倖《はっこう》の女で、良人《おっと》には早く死に訣《わか》れ、四人ほどの子供もだんだん欠けて行き、末の子の婚期に入ったほどの娘が一人残って、塾の雑事を賄《まかな》っていた。貧血性のおとなしい女で、伯母に叱《しか》られては使い廻され、塾の生徒の娘たちからは姉さんと呼ばれながら少しばかにされている気味があった。何かいわれると、おどおどしているような娘だった。

伯母はむかし幼年で孤児となった甥《おい》の檜垣の主人を引取り少年の頃まで、自分の子供の中に加えて育てたのであったが、以後檜垣の主人は家を飛出し、外国までも浮浪《さまよ》い歩るいて音信不通であったこの甥に対し、何の愛憎も消え失《う》せているといった。しかし、このまま捨置くことなら檜垣の家は後嗣《あと》絶えることになるといった。

甥の檜垣の家が宗家で、伯母はその家より出て分家へ嫁に行ったものである。伯母はいった、自分の家は廃家しても関《かま》わぬ、しかし檜垣の宗家だけは名目だけでも取留めたい。そこで相談である。もし「それほど嫌《いや》でなかったら――」自分の娘を娶《めと》ってくれて、できた子供の一人を檜垣の家に与え、家の名跡だけでも復興さして貰いたい。さすれば自分に取っては宗家への孝行となるし、あなたにしても親友への厚い志となる。「第一、貰って頂きたい娘は、檜垣に取ってたった一人の従兄弟女《いとこめ》である。これも何かのご縁ではあるまいか」

始めこの話を伯母から切出されたときに鼈四郎は一笑に付した。あの颺々《ようよう》として芸術三昧《ざんまい》に飛揚して没《う》せた親友の、音楽が済み去ったあとで余情だけは残るもののその木地は実は空間であると同じような妙味のある片付き方で終った。その病友の生涯と死に対し、伯母の提言はあまりに月並な世俗の義理である。どう剝《は》ぎ合わしても病友の生涯の継ぎ伸ばしにはならない。伯母のいう末の娘とて自分に取り何の魅力もない。「そんなことをいったって――」鼈四郎はひょんな表情をして片手で頭を抱えるだけであったが、伯母の説得は間がな隙《すき》がな弛《ゆる》まなかった。「あなたも東京で身を立てなさい。東京はいいところですよ」といって、鼈四郎の才能を鑑検し、急ぎ蛍雪館《けいせつ》はじめ三四の有力な家にも小遣い取りの職仕を紹介してこの方面でも鼈四郎を引留める錨《いかり》を結びつけた。伯母は蛍雪館が下町に在った時分姉娘のお千代を塾で引受けて仕込んだ関係から蛍雪とは昵懇《じつこん》の間柄であった。

何という無抵抗無性格な女であろうか。鼈四郎は伯母の末の娘で檜垣の主人の従姉妹に当るこの逸子という女の、その意味での非凡さにもやがて搦《から》め捕られてしまった。鼈四郎のような生活の些末《さまつ》の事にまで、タイラントの棘《とげ》が突出ている人間に取り、性抜きの薄綿のような女は却って引懸り包《くる》まれ易《やす》い危険があったのだった。鼈四郎の世間に対する不如意《ふによい》の気持から来る八つ当りは、横暴ないい付けとなって手近かのものへ落ち下る。彼女はいつもびっくりした愁《うれ》い顔で「はいはい」といい、中腰駈足《かけあし》でその用を足そうと努める。自分の卑屈な役割は一度も顧ることなしに、また次の申付けをおどおどしながら待受けているさまは、鼈四郎には自分が電気を響かせるようで軽《けい》蔑《べつ》しながら気持がよいようになった。世を詛《のろ》い剰《あま》って、意地悪く吐出す罵倒《ばとう》や嘲笑《ちようしよう》の鋒尖《ほこさき》を彼女は全身に刺し込まれても、ただ情無く我慢するだけ、苦鳴の声さえ聞取られるのに臆《おく》している。肌目《きめ》がこまかいだけが取得の、無味で冷たく弱々しい哀愁、焦《じ》れもできない馬鹿正直さ加減。一方、伯母は薄笑いしながら説得の手を緩《ゆる》めない。鼈四郎としては「何の」と思いながら、逸子が必要な身の廻りのものとなった。結婚同様の関係を結んでしまった。ずるずるべったりに伯母の望む如《ごと》く、鼈四郎は、東京居住の人間となり逸子を妹と呼ぶことにしてしまった。そして檜垣の主人が死ぬ前に譫《うわ》言《ごと》にいった「伯母をおまえにやる。おまえの伯母にしろ」といった言葉が筋書通りになった不思議さを、ときどき想《おも》い見るのであった。

京都に一人残っている生みの母親、青年近くまで養ってくれた拓本の老職人のことも心にかからないことはないけれども、鼈四郎の現在のような境遇には彼等との関係はもとからの因縁が深いだけに、それを考えに上すことは苦しかった。この撥《は》ぜ開けた巨都の中で一旗揚げる慾望に燃え盛って来た鼈四郎に取り、親友でこそあれ、他人の伯母さんを伯母さんと呼ぶくらいの親身さが抜き差しができて責任が軽かった。責任が軽くて世話をしてくれる老女は便利だった。しかし生きてるうちは好みに殉じ死に向ってはこれを遊戯視して、一切を即興詩のように過したかに見えた檜垣の主人が譫言《うわごと》の無意識でただ一筋、世俗な糸をこの世に曳《ひ》き遺《のこ》し、それを友だちの自分に絡《から》みつけて行って、しかもその糸が案外、生あたたかく意味あり気なのを考えるのは嫌だった。

伯母が世話をしてくれた下町の三四の有力な家の中で、鼈四郎は蛍雪館の主人に一ばん深く取入ってしまった。

蛍雪館の主人は、江戸っ子漢学者で、少壮の頃は、当時の新思想家に違いなかった。講演や文章でかなり鳴した。油布《ゆふ》のシナ服なぞ着て、大陸政策の会合なぞへも出た。彼の説は時代遅れとなり妻の変死も原因して彼は公的のものと一切関係を断ち、売れそうな漢字辞典や、受験本を書いて独力で出版販売した。当ったその金で彼は家作や地所を買入れ、その他にも貨殖の道を講じた。彼は小富豪になった。

彼は鰥《やもめ》で暮していた。姉のお千代に塾をひかしてから主婦の役をさせ、妹のお絹は寵愛《ちょうあい》物にしていた。蛍雪の性癖も手伝い、この学商の家庭には檜垣の伯母のようなもの以外出入りの人物は極めて少かった。新来とはいえ蛍雪に取って鼈四郎は手に負えない清新な怪物であった。琴棋書画等趣味の事にかけては大概のことの話相手になれると同時に、その話振りは思わず熱意をもって蛍雪を乗り出させるほど、話の局所々々に、逆説的な弾機《バネ》を仕掛けて、相手の気分にバウンドをつけた。偏屈人に対しては妙については鼈四郎は、実際に食品を作って彼の造詣《ぞうけい》を証拠立てた。中でも食味に心理洞察のカンのある彼は、食道楽であるこの中老紳士の舌を、その方面から諳《そら》んじてしまって、嗜慾《しよく》をピアノの鍵板《けんばん》のように操った。鰥暮しで暇のある蛍雪は身体の中で脂肪が燃えでもするようにフウフウ息を吐きながら、一日中炎天の下に旅行用のヘルメットを冠って植木鉢の植木を剪《き》り嘖《さいな》んだり、飼ものに凝ったり、猟奇的な蒐集物に浮身を俏《やつ》したりした。時には自分になまじい物質的な利得ばかりを与えながら昔日の尊敬を忘れ去り、学商呼ばわりする世情を、気狂《きちが》いのようになって悲憤慷慨《こうがい》することもある。そんな不平の反動も混って蛍雪の喰べものへの執し方が激しくなった。

蛍雪が姉娘のお千代を世帯染《じ》みた主婦役にいためつけながら、妹のお絹に当世の服装の贅《ぜい》を尽させ、芝の高台のフランスカトリックの女学校へ通わせてほくほくしているのも、性質からしてお絹の方が気に入ってるには違いないが、やはり、物事を極端に偏《かたよ》らせる彼の凝り性の性癖から来るものらしかった。彼は鼈四郎が来るまえから鼈《すっぽん》の料理に凝り出していたのだが、鼈鍋《なべ》はどうやらできたが、鼈蒸焼は遣《や》り損じてばかりいるほどの手並だった。鼈四郎は白木綿で包んだ鼈を生埋めにする熱灰を拵《こしら》える薪選み方、熱灰の加減、蒸し焼き上る時間など、慣れた調子で苦もなくしてみせ、蛍雪は出来上ったものを毟《むし》って生醤油で食べると近来にない美味であった。それまで鼈四郎は京都で呼び付けられていた与四郎の名を通していたのだったが、以後、蛍雪は与四郎を相手させることに凝り出し、手前勝手に鼈四郎と呼名をつけてしまった。娘の姉妹もそれについて呼び慣れてしまう。独占慾の強い蛍雪は、鼈《べっ》四郎夫妻に住宅を与え僅《わずか》に食べられるだけの扶養《ふよう》を与えて他家への職仕を断らせた。

鼈四郎は、蛍雪館へ足を踏み入れ妹娘のお絹を一目見たときから「おやっ」と思った。これくらい自分とは縁の遠い世界に住む娘で、そしてまたこれくらい自分の好みに合う娘はなかった。いつも夢見ているあどけない恰好《かっこう》をしていて、そしてかすかに皮肉な苦味を帯びている。青ものの走りが純粋無垢《むく》でありながら、何か捥《も》ぎ取られた将来の生い立ちを不可解の中に蔵している一つの権威、それにも似た感じがあった。

お絹は人出入稀《ま》れな家庭に入って来た青年の鼈四郎を珍しがりもせず、ときどきは傍《そば》にいても、忘れたかのように、うち捨てて置いたまま、ひとりで夢見たり、遊んだりした。母無くして権高な父の手だけで育ったためか、そのとき中性型で高貴性のある寂しさがにじんだ。鼈四郎が美貌《びぼう》であることは最初から頓着しないようだった。姉娘のお千代の方が顔を赧《あか》めたり戸惑う様子を見せた。

鼈四郎はお絹に向うと、われならなくに一層肩肘《かたひじ》を張り、高飛車に出るのをどうしようもない。その心底を見透すもののようにまたそうでもないように、ふだん伏眼勝ちの煙れる瞳《ひとみ》をゆっくり上げて、この娘はまともに青年を瞠入《みい》るのであった。すると鼈四郎は段違いという感じがして身の卑《いや》しさに心が竦《すく》んだ。

だが、鼈四郎は、蛍雪の相手をする傍《かたわ》ら、姉妹娘に料理法を教えることをいい付かり、お絹の手を取るようにして、仕方を授ける間柄になって来ると、鼈四郎は心易いものを覚えた。この娘も料理の業は普通の娘同様、あどけなく手緩《てぬる》かった。それは着物の綻《ほころ》びから不用意に現わしている白い肌のように愛らしくもあった。彼は娘の間の抜けたところを悠々と味いながら叱りもし罵《ののし》りもできた。お絹はこういうときは負けていず、必ず遣《や》り返したが、この青年の持つ秀《ひい》でた伎倆《ぎりょう》には、何か関心を持って来たようだった。鼈四郎は調子づき、自己吹聴《ふいちょう》がてら彼の芸術論など喋《しゃべ》った。遠慮は除《と》れた。しかしただそれだけのものであった。この娘こそ虫が好く好くと思いながら、鼈四郎は、逸子との変哲もない家庭生活に思わず月日を過し子供も生れてしまった。もう一人檜垣の家の後嗣《あとつぎ》に貰《もら》える筈《はず》の子供が生れるのを伯母さんは首を長くして待受けている。

今宵、霧の夜の、闇《やみ》の深さ、粘りこさにそそられて鼈四郎は珍らしく、自分の過ぎ来た生涯を味い返してみた。死をもって万事清算がつく絶対のものと思い定め、それを落付きどころとして、その無からこの生を顧《みかえ》り、須臾《しゅゆ》の生なにほどの事やあると軽く思い做《な》されるこころから、また死を眺めやってこれも軽いものに思い取る。幼時の体験から出発して今日までに思想にまで纏《まと》め上げたつもりの考え。しかる上は生きてるうちが花と定めて、できることなら仕たい三昧を続けて暮そうという考えは、だんだんあやしくなって来た。何一つ自分の思うこととてできたものはない。たった一つこれだけは漁《あさ》り続けて来たつもりの食味すら、それに纏《まつわ》る世俗の諸事情の方が多くて自分を意外の方向へ押流し、使い廻す梃《てこ》にでもなっているような気がする。

霰《あられ》が降る。深くも、粘り濃い闇の中に。いくら降っても降り白められない闇を、いつかは降り白められでもするかと、しきりに降り続けている。

夜も更《ふ》けたかして、あたりの家の物音は静り返り、表通りを通る電車の轟《とどろ》きだけがときどき響く。隣の茶の間で寝付いたらしい妻は、ときどき泣こうとする子供を「おとうさんがおとうさんが」と囁《ささや》いて乳房で押して黙らせ、またかすかな寝息を立てている。鼈四郎が家にいる間は、気難しい父を憚《はばか》り、母のいうこの声を聞くと共に、子供は泣きかかっても幼ごころに歯を食い縛り、我慢をする癖を鼈四郎は今宵はじめて憐《あわ》れに思った。没《な》くなった父の老僧は、もし子供が不如意を託《かこ》って「なぜ、こんな世の中に自分を生んだか」と、父を恨むような場合があったら、「こっちが頼みもしないのに、なぜ生れた。お互いさまだ」といって聞かせと、母にいい置いたそうだが、今宵考えてみれば、亡父は考え抜いた末の言葉のようにも思える。子供にも彼自身に知られぬ意志がある。

お互いさまでわけが判らぬ中に、父は自分を遺《のこ》し、自分はこの子を遺している。父のそのいい置きを伝えた母は、また、その実家の罪滅しのためとて、若い身空ですべての慾情を断ったつもりでも、食意地だけは断たれず、嘆きつつもそれを自分の慾情の上に伝えている。少年の頃、自分がうまいものをよそで饗《よ》ばれて帰って話すとき、母は根掘り葉掘り詳しく聞き返し、まるで自分が食べでもしたような満足さで顔を生々とさしたではないか。そして自分が死水を取ってやった唯一《ゆいいつ》の親友の檜垣の主人は、結局その姪《めい》を自分に妻《め》あわして、後嗣の胤《たね》を取ろうとする仕掛を、死の断末魔の無意識中にあっさり自分に伏せている。こう思って来ると、世の中に自分一代で片付くものとては一つも無い。自分だけで成せたと思うものは一つもない。みな亡父のいうお互いさまで、続かり続け合っている。はじめて気の付くのは、いつぞや京都の春で、二回会ったきりの画家と歌人夫妻のいった言葉だ。「おれたちは、極楽の場塞《ばふさ》げを永くするのも済まないと思って、地獄の席を探しているところだ」と。そうしてみると、せんせいたちもこの断ち切れないお互いのものには、ぞっこん苦労した連中かな。夫人のいった、まこと、まごころというものも、安道徳のそれではなくて一癖も二癖もある底の深い流れにあるらしいものを指すのか。それは何ぞ。

夜はしんしんと更けて、いよいよ深みまさり、粘り濃く潤《うるお》う闇。無限の食慾をもって降る霰《あられ》を、下から食い貪《むさぼ》り食い貪り飽くことを知らない。ひょっと見方を変えれば、永遠に、霰を上から吐きに吐くとも見える。ひっきょう食いつつ吐きつつ食いつつ飽き足るということを知らない闇。こんな逞《たくま》しい食慾を鼈四郎はまだ嘗《かつ》て知らなかった。死を食い生を吐くものまたかくの如きか。

闇に身を任せ、われを忘れて見詰めていると闇に艶《つやや》かなものがあって、その潤いと共に、心をしきりに弄《なぶ》られるような気がする。お絹？　はてな。これもまた何かの仕掛かな。

大根のチリ鍋は、とっくに煮詰って、鍋底は潮干の潟《かた》に芥《あくた》が残っているようである。台所へ出てみると、酒屋の小僧が届けたと見え、ビールが数本届いていた。それを座敷へ運んで来て、鼈四郎は酒に弱い癖に今夜一夜、霰の夜の闇を眺めて飲み明そうと決心した。この逞しい闇に交際《つきあ》って行くには、しかし、「とても、大根など食っちゃおられん」

彼は、穏《おだやか》に隣室へ声をかけた。

「逸子、済まないが、仲通りの伊豆庄を起して、鮟鱇《あんこう》の肝か、もし皮剝《かわはぎ》の肝が取ってあるようだったら、その肝を貰って来てくれ、先生が欲しいといえばきっと、くれるから――」

珍しく丁寧に頼んだ。はいはいと寝惚《ねぼ》け声で答えて、あたふた逸子が出て行く足音を聞きながら、鼈四郎は焜炉《こんろ》に炭を継ぎ足した。傾ける顔に五十燭《しょく》の球の光が当るとき、鼈四郎の瞼《まぶた》には今まで見たことの無い露が一粒光った。

解　説

亀井勝一郎

この集には『老妓抄《ろうぎしょう》』以下八編の短編が収められているが、中でも『老妓抄』『東海道五十三次』『家霊』等は、かの子女史の円熟期における代表作として著名である。とくに『老妓抄』は、発表当時絶讃《ぜっさん》を博したもの、明治以来の文学史上でも、屈指の名短編と称さるべき作品である。

女史の作品を構成している要素を、仮に分析すれば、一は家霊の重圧であり、一は女性の性の歎《なげ》きである。この二つが微妙にからみあって滅亡の淵《ふち》へ流れて行くのが、岡本美学の本質と言える。戦後「斜陽族」という言葉があらわれたが、その最も由緒《ゆいしょ》正しいかたちを示しているのが女史の文学だ。現代における「斜陽族」の元祖である。背景となり、基調となっているのは、没落する旧家で、そこに生育する異常生命の流《る》転《てん》、その最後の燃焼と悲哀、これにまつわる女性の性の狂乱、こういったものが全作品にみられる。私は同じこの文庫に収められた『河明り』の解説で、女史の文学の特徴を全般的に述べておいた。この集と併読して頂けば、女史の主な短編に全部ふれることが出来、この集の諸作を味う上にも役立つであろう。

女史は多面的な才媛《さいえん》であった。教養の基礎は豊かで、仏典、国学、フランス風、江戸情緒《じょうちょ》と、これに新鮮な近代的感覚も伴っていて、筆致また豪華絢爛《けんらん》である。そのため極彩色になり、屢々《しばしば》過剰な感じをうけるが、女史の豊満な生命のあらわれであって、これがなければ作品も成立しない。しかし『老妓抄』になると、内にこれを抑えて、無駄なく淡々と筆を運んでいる。極めて含蓄深い筆致で、一句一行の底を割ってみれば、そこに女の妖《あや》しい生の呻《うめ》き、逞《たくま》しく貪婪《どんらん》な性の憂《うれ》いが流れていると云った具合で、全作品中最も完成した短編である。「年々にわが悲しみは深くしていよよ華やぐいのちなりけり」という最後の歌が、この作品の骨子と言ってよく、それは同時に女史の思いであったことは、この一首が自選歌集に収められていることによってもわかる。

いうならばそれは永遠の青春の嘆きと言ってもよい。四十歳をなかばすぎた女史の裡《うち》には、童女のようなあどけなさとともに、旧家の古びた部屋にうずくまる老女のごとき奇怪な相があった。『老妓抄』の老妓はそういう女史の自画像とも言える。「年々にわが悲しみは深くして」と言ったときの『悲しみ』は、旧家の霊の呻《うめ》きともとれるし、「いよよ華やぐいのち」とは、最後の燃焼に生を賭《と》す童女の奔放さとも解される。

要するに異形《いぎょう》のもの、旧家に発生した化物である。『老妓抄』『鮨《すし》』『東海道五十三次』『家霊』『食魔』などを通して言えることは、その主人公が悉《ことごと》く、何らかの意味で化物だということだ。妄執《もうしゅう》妄念の人である。生を燃やしつづけながら、貪婪に何かを求めている奇怪な情熱、或は終末に瀕《ひん》した生の、底しれぬ呻きが聞えてくる。そこにたゆたういのちのふしぎを、女史は懸命に追求したのだ。詮《せん》じつめれば、人間はみな化物と言えるかもしれない。様々に仮装して、この人生という舞台に登場するという意味からばかりでなく、妄執妄念の持続するところ、人間は必ず奇怪な陰翳《いんえい》を帯びてくるものだ。女史の場合には、これに性の苦悶《くもん》が伴う。『老妓抄』は男を飼う小説である。若い男のいのちを吸う小説である。甲羅《こうら》を経た女の性夢である。『河明り』の中の、『花は勁《つよ》し』『渾沌《こんとん》未分』『過去世』等と、この点で通じているのである。

『家霊』も奇怪な作品だ。ここにあらわれる徳永という老彫金師、どじょう屋のおかみさん、すべて化物だ。このどじょう屋のもつ雰囲気に、旧家のすがたが典型的に描かれていると言ってよい。それは古びた沼である。妖気《ようき》の立ちのぼる生の湿地帯である。抑《おさ》えに抑えられたいのちの呻きが、どじょう屋のおかみさんにはっきり伺われるし、不遇の彫金師に、妄執の人の歔欷《きょき》にも似た声が聞かれるであろう。しかも双方の胸底にうずくのは、一抹《まつ》の華やぐいのちだ。

徳永老人の彫金の夢、その夢を養うどじょうという生きもの、それはまた嘗《かつ》てどじょう屋のおかみさんに抱《いだ》いた愛慾の苦にもつながっている。一方臨終に近いおかみさんが、この老人が命をこめて彫った金銀簪《かんざし》を入れた箱を頰にあてがいながら、そのかすかな音に、「ほほほほ」と含み笑いするところなどこの作中の絶唱と言ってよい。「それは無垢《むく》に近い娘の声であった」と作者はかいている。自ら胸底に圧殺した、嘗ての恋の余韻とも云えるであろう。すべてこれ恨みの声だ。満たされぬ夢の悲しみだ。老妓も然《しか》り。果たそうとして果たしえないいのちの、無念の叫びが基調となって、これらの作品に或る陰翳を与えているのである。

『家霊』とともに、『河明り』の中の『雛妓《すうぎ》』も併読して頂きたい。ここには家霊の意味が直接とかれている。旧家にわだかまる祖先代々の願いを、背負ったときの自覚、その宿命を女史は凝視したのだ。この意味からいうなら、女史の文学は悲願の文学である。旧家の頽廃《たいはい》の気を身につけながら、次第に病み弱まって行く血の妄執とも云える。『老妓抄』以下八編の作品の主人公をみるなら、その殆《ほと》んど全部が、何らかの意味で『憑《つ》かれた人』であることがわかるであろう。東海道をうろつく老いた旅人にも、老妓にも、『家霊』の人物にも、『鮨』の老紳士にも、『食魔』の料理人にも、この面影はつきまとっている。

同時に注目すべきは、これらの作品に「贅沢《ぜいたく》の精神」と言ったものが横溢《おういつ》しているということである。贅沢という言葉は誤解されやすいが、これは「華やぐいのち」という意味である、その「いのち」の満ちあふれたところに、衣食住の贅があらわれるのだ。『鮨』『家霊』『食魔』等をみれば、食物そのものが芸術として、いのちとしてとり扱われていることに気づくであろう。全編を通して、和洋ともに実に凝った料理が描かれているが、そして主人公達は実によく食うが、こうした食趣味は生命の豊さのあらわれである。成金趣味の贅沢と比べてみればよくわかる。かの子女史の作品にあらわれる食物とは、一種の古典なのだ。凝りに凝った情熱と言ってもよい。食欲という人間の動物的基本慾望を、美の世界に昇華し、それを食うことは、美を食うことなのだ。いのちといのちのふれあいなのだ。これは情慾の場合も同様である。

『食魔』はこの集中では必ずしも佳作ではないが、女史の文学を解するには見のがしえぬ作品である。この主人公は畸《き》型《けい》的天才である。料理の面で極度に鋭い芸術感覚を所有し、一種狷介《けんかい》な性格をもつ。上手な世渡りなどむろん出来ない。料理という芸に憑《つ》かれた人だ。女史は好んでこういう種類の人物を描いている。『家霊』の彫金師だってそうだし、『鮨』の鮨屋の主人公も然り。この集にはないが、『金魚撩爛《りょうらん》』という作品では、金魚づくりに憑《つ》かれた青年を描いている。私がさきに化物といったのも、こうした畸型性に関している。それは美の極道である。

女史は天成の快楽派、つまりエピキュリアンなのである。仏教的要素を多分にもつが、それと表裏して美の快楽に惑溺《わくでき》する人、いわば煩悩《ぼんのう》の深い人なのだ。若い男を飼う老妓に、煩悩のなまめかしさが感ぜらるるであろう。食趣味だって同じことだ。天成のエピキュリアンの美の饗宴《きょうえん》である。女史の「若さ」はそこから来る。「いのち」の冒険もエピキュリアンなればこそである。それだけに苦悩もまた深い。永遠の青春の嘆きと言ったのはこの点である。「年々にわが悲しみは深くして」というのは老いてよみがえってくる「若さ」の苦悩である。快楽は必ず悲哀と苦痛を伴う。そういうところから、たとえばこの集の『愚人とその妻』『鯉魚』などを考えてもよかろう。女史は仏教徒で、直接仏典や僧の伝説から取材したものが少くない。煩悩の美に惑溺した人は、また無常の悲哀に身をさらさねばならぬ。快楽は破戒である。しかし美しい破戒である。

この集でもう一つ留意しなければならぬ点は、これらの作品の舞台である。『老妓抄』『鮨』『家霊』『越年』『蔦《つた》の門』『食魔』等、殆んど江戸情緒のなお残っている明治大正の東京である。東京は今まで三回の大きな変貌《へんぼう》をとげた。第一は明治維新遷都《せんと》の時であるが、しかし江戸の面影はなお崩れない。その後文明開化によって都心は洋風と化したが、山ノ手や下町にはなお旧家が残り、幾分かの江戸情緒が漂い、これと開化風が混入して、一種独特な雰囲気を出していた。女史の作品は主としてこの時期を舞台としている。その次に、大正の関東大震災で殆んどこれらは壊滅し、東京は変貌したが、今度の戦災では全滅した。今日もはや江戸の名残りを味うことは不可能である。それをあらわし得る生残りの作家は、わずかに永井荷風、久保田万太郎等であるが、かの子女史は江戸の情緒を描きうる最後の作家の一人であった。

一口にいうなら、それは長い伝統の結晶とも云える「粋」である。贅沢の精神の所産である。一種のロマンチシズムでもある。古都に伝わる人情風俗の「粋」に、女史はいたく心傾けた作家だ。いのちの凝った証《あかし》をそこに見たのである。そして江戸情緒、江戸名残りの内容をうかがってみると、同じく「粋」を凝らしたフランスの古都「巴《パ》里《リ》」の面影が宿っていることに気づく。この点は女史の欧洲紀行「世界に摘む花」をみると非常にハッキリするので、たとえば老妓の風姿挙措《きよそ》に、巴里の唄女ミスタンゲットの面影をしのぶことも出来るのである。この集の諸作は今日からは古典的にもみえようが、実は近代フランスの香りをそれとなく添えているのだ。いや古典フランス——古い都の巴里のシックを織りまぜたと言ってもいい。そこに独特のダンディズムが生じたことも付け加えておきたい。いずれの作品も、なかなかに瀟洒《しょうしゃ》なものである。

（昭和二十五年四月、評論家）

二葉亭四迷著　浮　雲

秀才ではあるが世事にうとい青年官吏の苦悩を描写することによって、日本の知識階級の姿をはじめて捉えた近代小説の先駆的作品。

尾崎紅葉著　金色夜叉

熱海の海岸で、許婚者の宮の心が金持ちの他の男に傾いたことを知った貫一は、絶望の余り金銭の鬼と化し高利貸しの手代となる……。

樋口一葉著　にごりえ・たけくらべ

明治の天才女流作家が短い生涯の中で残した名作集。人生への哀歓と美しい夢が織りこまれ、詩情に満ちた香り高い作品8編を収める。

泉　鏡花著　歌行燈・高野聖

淫心を抱いて近づく男を畜生に変えてしまう美女に出会った、高野の旅僧の幻想的な物語「高野聖」等、独特な旋律が奏でる鏡花の世界。

泉　鏡花著　婦　系　図

『湯島の白梅』で有名なお蔦と早瀬主税の悲恋物語と、それに端を発する主税の復讐譚を軸に、細やかに描かれる女性たちの深き情け。

伊藤左千夫著　野　菊　の　墓

江戸川の矢切の渡し付近の静かな田園を舞台に、世間体を気にするおとなに引きさかれた政夫と二つ年上の従姉民子の幼い純愛物語。

森鷗外著
雁（がん）
望まれて高利貸しの妾になったおとなしい女お玉と大学生岡田のはかない出会いの中に、女の自我のめざめとその挫折を描き出す名作。

森鷗外著
ヰタ・セクスアリス
哲学者金井湛なる人物の性の歴史。六歳の時に見た絵草紙に始まり、悩み多き青年期を経ていく過程を冷静な科学者の目で淡々と記す。

夏目漱石著
吾輩は猫である
明治の俗物紳士たちの語る珍談・奇譚、小事件の数かずを、迷いこんで飼われている猫の眼から風刺的に描いた漱石最初の長編小説。

夏目漱石著
二百十日・野分
俗な世相を痛烈に批判し、非人情の世界から人情の世界への転機を示す「二百十日」、その思想をさらに深く発展させた「野分」を収録。

島崎藤村著
春
明治という新時代によって解放された若い魂が、様々な問題に直面しながら、新たな生き方を希求する姿を浮彫りにする最初の自伝小説。

島崎藤村著
破戒
明治時代、被差別部落出身という出生を明かした教師瀬川丑松を主人公に、周囲の理由なき偏見と人間の内面の闘いを描破する。

永井荷風著

ふらんす物語

二十世紀初頭のフランスに渡った、若き荷風の西洋体験を綴った小品集。独特な視野から西洋文化の伝統と風土の調和を看破している。

永井荷風著

濹東綺譚

小説の構想を練るため玉の井へ通う大江匡と、なじみの娼婦お雪。二人の交情と別離を描いて滅びゆく東京の風俗に愛着を寄せた名作。

谷崎潤一郎著

痴人の愛

主人公が見出し育てた美少女ナオミは、成熟するにつれて妖艶さを増し、ついに彼はその愛欲の虜となって、生活も荒廃していく……。

谷崎潤一郎著

吉野《よしの》葛《くず》・盲目物語

大和の吉野を旅する男の言葉に、失われた古きものへの愛惜と、永遠の女性たる母への思慕を謳う「吉野葛」など、中期の代表作2編。

武者小路実篤著

友情

あつい友情で結ばれていた脚本家野島と新進作家大宮は、同時に一人の女を愛してしまった——青春期の友情と恋愛の相剋を描く名作。

武者小路実篤著

愛と死

小説家村岡が洋行を終えて無事に帰国の途についたとき、許嫁夏子の急死の報が届いた。至純で崇高な愛の感情を謳う不朽の恋愛小説。

志賀直哉著
和解
長年の父子の相剋のあとに、主人公順吉がようやく父と和解するまでの複雑な感情の動きをたどり、人間にとっての愛を探る傑作中編。

志賀直哉著
暗夜行路
母の不義の子として生れ、今また妻の過ちにも苦しめられる時任謙作の苦悩を通して、運命を越えた意志で幸福を模索する姿を描く。

有島武郎著
小さき者へ・生れ出づる悩み
病死した最愛の妻が残した小さき子らに、歴史の未来をたくそうとする慈愛に満ちた「小さき者へ」に「生れ出づる悩み」を併録する。

有島武郎著
或る女
近代的自我の芽生えた明治時代に、封建的な社会に反逆し、自由奔放に生きようとして敗れる一人の女性を描くリアリズム文学の秀作。

芥川龍之介著
羅生門・鼻
王朝の説話物語にあらわれる人間の心理に、近代的解釈を試みることによって己れのテーマを生かそうとした〝王朝もの〟第一集。

芥川龍之介著
奉教人の死
殉教者の心情や、東西の異質な文化の接触と融和に関心を抱いた著者が、近代日本文学に新しい分野を開拓した〝切支丹もの〟の作品集。

菊池 寛著
藤十郎の恋・恩讐の彼方に
元禄期の名優坂田藤十郎の偽りの恋を描いた「藤十郎の恋」、仇討ちの非人間性をテーマとした「恩讐の彼方に」など初期作品10編を収録。

堀 辰雄著
風立ちぬ・美しい村
高原のサナトリウムに病を癒やす娘とその恋人の心理を描いて、時の流れのうちに人間の生死を見据えた「風立ちぬ」など中期傑作2編。

倉田百三著
出家とその弟子
恋愛、性欲、宗教の相剋の問題について、親鸞とその息子善鸞、弟子の唯円の葛藤を軸に「歎異鈔」の教えを戯曲化した宗教文学の名作。

梶井基次郎著
檸（れもん）檬
昭和文学史上の奇蹟として高い声価を得ている梶井基次郎の著作から、特異な感覚と内面凝視で青春の不安や焦燥を浄化する20編収録。

中島 敦著
李陵・山月記
幼時よりの漢学の素養と西欧文学への傾倒が結実した芸術性の高い作品群。中国古典に取材した4編は、夭折した著者の代表作である。

壺井 栄著
二十四の瞳
美しい瀬戸の小島の分教場に赴任したおなご先生と十二人の教え子たちの胸に迫る師弟愛を、郷土色豊かなユーモアの中に描いた名作。

老《ろう》妓《ぎ》抄《しょう》

新潮文庫　お - 3 - 1

昭和二十五年四月三十日　発行
平成十六年十月三十日　五十六刷改版
令和六年一月三十日　六十三刷

著者　岡《おか》本《もと》かの子《こ》

発行者　佐藤隆信

発行所　株式会社　新潮社

郵便番号　一六二―八七一一
東京都新宿区矢来町七一
電話　編集部(〇三)三二六六―五四四〇
読者係(〇三)三二六六―五一一一
https://www.shinchosha.co.jp

価格はカバーに表示してあります。

乱丁・落丁本は、ご面倒ですが小社読者係宛ご送付ください。送料小社負担にてお取替えいたします。

印刷・株式会社光邦　製本・株式会社植木製本所

Printed in Japan

ISBN978-4-10-104002-8 C0193